KB050750

거행

귀행 6

초판 1쇄 인쇄일 2014년 12월 20일 **｜ 초판 1쇄 발행일** 2014년 12월 23일

지은이 손연우 **｜ 펴낸이** 곽중열 **｜ 담당편집 팀장** 이범수
편집부 신연제 이윤아 김호성 김은경

펴낸곳 (주)조은세상 **｜ 출판등록** 제 2002-23호
주소 경기도 연천군 미산면 청정로 1355
TEL 편집부 02)587-2966 **｜** FAX 02)587-2922
e-mail bukdu@comics21c.co.kr

ⓒ손연우 2014
ISBN 979-11-5512-869-5 **｜** ISBN 979-11-5512-521-2(set) **｜** 값 8,000원

NEO ORIENTAL FANTASY STORY

손연우 신무협 장편소설

6

검생

북두
(주)좋은세상

귀행 6

NEO ORIENTAL FANTASY STORY

CONTENTS

귀행

第 1 章

第 1 章.

1

태사의(太師椅)에 앉은 교주 초무진이 턱을 괴었다.

"독고월의 종적이 사라졌다고?"

"네, 송구스럽게도 종적을 도저히 찾을 수가 없었습니다."

새로이 혈풍대의 대주가 된 풍귀가 부복하며 한 말이었다.

"……"

정말 무림맹 군사 제갈현군이 발표한 대로였을까.

독고월로 분한 인의무적 남궁일 대협의 죽음.

그 흉수는 전 무림맹주였던 북리천극.

하지만 초무진을 비롯한 마교는 이를 믿지 않았다.

혈풍대의 삼분지 일을 죽음으로 몬 게 독고월 바로 그였으니까.

시간상으로 보나, 그 실력으로 보나 독고월이 살아있음은 두말할 것도 없었다.

'한 마디로 그의 죽음은 조작된 거다.' 라고 확신할 수 있었다.

한데 지금 그의 종적을 놓쳤다고 한다.

교주전은 먹구름이라도 낀 것처럼 음습한 공기로 무거워졌다.

풍귀는 체념을 했다. 신교가 가진 아주 중요한 패를 발로 걷어차 버린 거나 다름이 없어서다. 독고월이 살아있다는 사실 하나만으로 신교천하를 이루기 위한 유리한 고지를 점하게 됐고, 대전까지 벌일 수 있었다.

한데 독고월이 무림맹의 발표대로 죽은 거라면, 혈풍대의 죽음은 치명적인 자충수가 되어 돌아온다.

대전을 벌일 명분 자체가 사라지는 것이다. 오히려 신교가 대전을 벌이려고 수를 쓴 거라며 온 강호의 손가락질을 받을 게 분명했다.

해서 독고월이 살아있다는 증거가 필요한데, 지금 그 종적을 놓친 것이다.

"교주령으로 천뇌각(千腦閣)이 지닌 모든 정보력을 동원했음에도 불구하고, 사라졌다? 솔직히 믿기지가 않는군."

초무진의 나직한 목소리에 실린 지독한 불신이었다.

땅으로 꺼지든, 하늘로 솟든 아주 약간의 흔적이라도 남는 게 사람의 종적이다. 그리고 천뇌각이라면 사람이 살아있다면, 긴 시간이 걸려서라도 그 종적을 찾을 수가 있었다.

독고월의 행방은 오리무중이었다.

이게 의미하는 게 뭘까.

정말 무림맹의 발표대로 독고월이 남궁일이었고, 남궁일은 무림맹주 북리천극에게 살해당한 걸까?

"속하의 능력이 부족한 탓입니다. 죽여주십시오."

풍귀는 목을 길게 늘어트렸다.

혈귀가 허언을 한 책임을 지고 순교하며 천거한 인물이 풍귀다.

그를 보는 초무진의 눈빛은 담담했다. 한일자로 굳게 다물린 입술이 떼어지면 풍귀의 목은 달아날 것이다.

지켜보던 장로 중 하나가 나섰다.

"교주님, 한 말씀 올려도 되겠습니까?"

"말하도록."

"차라리 잘 된 것일 수도 있습니다. 처음부터 저희가 마련한 명분은 허점이 많았습니다."

"어째서?"

초무진이 불편한 목소리를 내었다.

장로는 그 내심을 짐작했으나, 지금은 몸을 사릴 때가 아니었다.

"북리천극에게 죽은 독고월 아니, 남궁일이 혼자서 십 이장로인 소군과 비강시 열 두기를 죽였다는 말 자체가 얼마나 허황한 건지 아실 겁니다. 오히려 무림맹이 저희보고 자신들에게 뒤집어씌우려고 한다며, 따지고 들 가능성도 무시할 수 없습니다."

"다른 쪽을 생각해둔 게 있나?"

역시 눈치 빠른 초무진은 장로의 말에서 무언갈 잡아냈다.

늙은 생강이 맵다고.

"예, 저희 십이장로 소군과 혈풍대의 죽음을 무림맹에 알려 책임을 물으면 됩니다. 신교에게 죄를 덮어씌우는 것도 모자라, 해하려고 했던 정황도 있었지요. 해서 저흰 죄인 북리천극을 조사 명목으로 내어달라고 하면 됩니다. 그렇게 되면 공개적으로 무림맹주의 소행으로 몰 수가 있지요. 실제로 무림맹이 소군 장로를 해하려 한 모습을 강호인들이 본데다, 소군 장로가 죽은 지역이 무림맹 관할이니 큰 무리는 없을 겁니다."

"놈들이 북리천극을 내줄 리가 없을 테니까, 오히려 대사는 더 쉬워지겠군."

초무진이 나직하게 웃었다.

장로가 포권을 취해보였다.

"하오나 송구스럽게도 몇 가지 맹점은 있습니다만."

"본좌가 그런 걸 신경 쓴 적이 있었던가."

장로들은 초무진의 호전적인 말에 모두가 고개를 가로 저었다.

교주 초무진에겐 그저 쳐들어갈 명분만이 필요했다. 자질구레한 걸 따지는 건 그답지 않았다.

지금 신교의 내부 힘은 팽창하다 못해 터질 지경이었다. 이걸 해소하지 못하면 속이 곪아 터질 것이다. 최근엔 분열 조짐마저 있었다.

해서 밖으로 눈을 돌려야 할 때다.

적을 만듦으로써 내부 결속을 다져야 한다.

거기다 북리천극을 비롯한 팔대 가주들이 모두 뇌옥에 갇혀 있는 상황이었다. 아직 제갈현군과 원로들이 남았지만, 현 상황이 최고의 적기라는데 교내에선 어떤 이견도 없었다. 오히려 쌍수를 들고 환영할 터다.

"그간 답지 않게 너무 웅크리고 있었군. 와룡출려(臥龍出廬)라고 하기엔 너무 지루했지."

초무진이 몸을 천천히 일으켰다.

별거 아닌 동작임에도 공기가 요동치는 착각마저 들었다.

장로들이 일제히 일어나 포권을 취했다.

"영원불멸, 신교천하!"

이 순간만큼은 장로들도 한목소리가 되었다.

풍귀를 비롯한 교주전에 든 혈풍대의 백인장 둘도 무릎을 꿇었다.

"영원불멸, 신교천하!"

풍귀는 격동이 이는 눈동자로 교주 초무진을 바라보았다.

마침 초무진도 그를 보는 중이었다.

풍귀가 얼른 고개를 숙였다. 굵직한 음성이 풍귀의 귀는 물론, 가슴속까지 후벼 팠다.

"소임을 다하지 못한 풍귀의 목을 쳐야 함이 마땅하나, 처음 대주로 오르고 한 실수니 용서해주겠다."

"……!"

파격적인 대우에 풍귀의 눈동자가 흔들렸다. 초문진이 그토록 아꼈던 죽은 상관 혈귀에 대한 예우란 걸 모를 리가 없었다.

"소군과 비강시 열 두기를 해한 흉수들이 누군지 밝혀내라. 할 수 있겠느냐?"

풍귀가 외쳤다.

"교주님의 넘치는 은혜를 받을 자격이 없는 놈입니다! 허나, 교주님이 기회만 주신다면 이 미천한 몸이 죽어 진토가 될 때까지 완수하겠습니다."

14

"하지만 흉수들은 강하다. 최소로 잡아도 초절정고수가 셋 이상이다. 그렇지 않고서는 비강시 열 두 기를 박살낼 순 없지."

"……!"

정말이지 경악을 안 할 수가 없는 말이었다.

하지만.

풍귀는 맡은 바 임무를 완수해야 했다.

"그렇다면 은살곡의 힘이 필요합니다."

"임시 대주는 말을 삼가라!"

장로들이 너도나도 분통을 터트렸다.

일개 대주가 어딜 감히 교주와 거래를 하려 하냐는 거다.

풍귀는 조금도 기죽지 않았다.

한데 초무진의 반응은 호의적이었다.

"어째서?"

그냥 막무가내로 제가 하겠다는 놈보다 믿을 만해서다.

"아뢰옵기 송구하오나, 최소로 잡아도 초절정고수 셋이라면 혈풍대의 힘만으론 무리입니다. 임무에 대한 제 실책을 모면하기 위해선, 수하들을 몰살에 가까운 희생을 시키면서까지 교주님의 명령을 따를 순 없습니다."

"대주는 말을 삼가라!"

"어디서 감히!"

장로들의 얼굴이 시뻘게졌다.

하지만 초무진은 느긋하게 태사의에 앉았다.

"해서 은살곡의 힘을 네 휘하에 두고, 혈풍대는 전장으로 보내겠다."

"존명!"

교주 초무진의 배려에 감복한 풍귀는 이어 선언했다.

"오늘 교주님 앞에서 감히 세 치 혀를 놀린 죄! 임무를 완수한 뒤 흉수의 목과 함께 잘라 바치겠습니다!"

"껄껄!"

초무진은 호탕하게 웃어젖혔다. 당당한 풍귀의 태도가 마음에 든 것이다. 용장 밑에 약졸 없다고, 죽은 혈귀가 얼마나 뛰어난 이였는지 재차 확인했다.

그래서 아까운 마음이 들었다.

"좋다, 은살곡의 힘을 잘 이용해, 반드시 흉수들의 정체를 밝혀내거라. 그렇다면 독고월의 종적을 놓친 실수를 사면해주는 건 물론, 천금을 내리겠다."

"가, 감사합니다!"

희열에 찬 풍귀의 대답에 장로들 몇몇이 불편한 기색을 내비쳤지만, 감히 교주의 말에 토를 달거나 하진 못했다.

교주 초무진은 주위를 쓸어보며 나직이 읊조렸다.

"십만대산을 넘는다."

"마교 쪽에선 북리천극을 넘기지 않으면 정마대전을 일으키겠답니다."

"이런 무식한 놈들."

사절로 갔다 온 수하의 보고에 제갈현군은 체통도 잊고 욕부터 했다.

청수한 인상의 군자인 제갈현군이었기에, 수하의 두 눈이 휘둥그레질 정도였다.

제갈현군은 뱉은 말과 달리 이미 이리 나올 걸 예상하고 있었다. 마교에 심어둔 무림맹의 첩보망이 십이장로 소군과 비강시 열 두기가 죽은 사실을 알려왔다. 독고월이 그 흉수로 지목된 사실과 함께.

그래서 여러 의문점이 남은 상태임에도 독고월의 정체가 남궁일이었고, 북리천극과 팔대 세가주들에게 죽었음을 공식적으로 발표해버렸다.

어마어마한 후폭풍을 불러왔지만, 정마대전이 벌어질 명분을 마교에게 주는 것보단 나았다. 어떻게든 명분을 없애서 정마대전을 막으려 했지만, 결과적으로 쓸데없는 짓이 되어버렸다.

상대는 그냥 밀어붙인단다.

그들도 아는 것이다. 제갈현군에게 빌미를 주게 되면,

정마대전을 벌이기가 어려워진다는 것을.

가뜩이나 북리천극과 팔대 세가주들의 일로 인해, 무림맹은 사분오열된 상태였다. 물론 그렇다고 해도 무림맹의 저력은 만만치 않았지만, 정파 강호에 위기가 닥친 것이다.

지금 같은 적기가 마교에게 다신 없으리라.

제갈현군이 다급히 물었다.

"흑도맹 쪽은 어떻게 됐나."

순망치한(脣亡齒寒).

입술이 없으면 이가 시린 법이다. 그들이 가만히 두고 볼 리가 만무하다. 무림맹 다음 차례는 흑도맹이었다.

단일세력 중 최강인 마교의 저력은 그 정도로 대단했다.

수하는 침울한 안색으로 했다.

"정파에 대한 뿌리 깊은 적개심이 상상 이상이었습니다."

"……."

"하마터면 사절이 목이 잘릴 뻔했다고 합니다."

"허허."

제갈현군은 허탈한 웃음소리를 내었다.

흑도맹이 이리 나올 줄은 몰랐다.

흑도맹주 사도명.

"그간 무력만 강하다고 저평가된 인물이었는데, 역시

흑도의 무뢰배답게 근시안……."

"무슨 말도 안 되는 소릴, 자넨 지금 한 단체의 수장이 시정잡배나 다름없다는 말을 하려는가?"

수하의 잘못된 판단을 제갈현군이 나무랐다.

수하는 면목이 없다는 듯이 얼굴을 붉혔다.

제갈현군은 섭선을 부치며 생각에 잠겼다. 방도를 내야 했다. 현 무림맹의 사정으론 마교와 대전을 벌이는 건, 좋게 봐줘도 달걀로 바위 치는 격이었다.

맞설 순 있었다.

하지만 그 피해는 막심할 것이다. 북리세가를 비롯한 팔대 세가가 모두 무림맹에 반기를 든 상황에선 장기전은 힘들었다.

원로들 세력과 남궁세가는 당연히 참전하겠지만, 중과부적이었다. 초반의 공세는 어찌어찌해서 버틴다고 해도, 갈수록 밀릴 거란 게 그의 예상이었다.

하나로 뭉치지 않으면 마교의 파상공세를 막을 수가 없다.

"결국, 최하책인 회유책밖에 없단 말인가?"

제갈현군이 답답한 나머지 중얼거린 소리에 수하의 낯빛이 좋지 않았다. 회유대상들이 누군지 불을 보듯 뻔해서다.

지금 반기를 들고 있는 구대세가들이 아니면 누구겠나.

무림맹의 결정에 수긍하지 않고, 이때밖에 없다 싶어서 강짜를 놓는 그들이었다.

뇌옥에 수감 된 세가주들을 방면하라는 것이다.

얼토당토않은 요구지만, 지금 상황에서는 먹힐지도 몰랐다.

그 정도로 무림맹의 상황은 좋지 않았다.

무림맹을 하나로 아우를 수 있는 초강자가 없는 탓이다.

제갈현군이 기문진식과 책략, 조직관리 능력이 뛰어나다고 해도 한계가 있었다.

무공으로 모두의 입을 다물게 할 수 있는 존재가 있어야 했다.

못해도 초절정에 이른 무인이 말이다.

아쉽게도 제갈현군과 원로 중엔 없었다. 은거기인들 중엔 있을지 모르나, 세상사를 등지고 떠난 분들이다. 정종 무공을 익힌 성격상 앞서 나설 리가 만무했다. 한쪽 팔 거들 순 있어도 전면에 나서서 이끌진 않을 거다.

"후우."

답답한 나머지 한숨을 길게 내쉰 제갈현군.

그의 뇌리로 과거 천기자가 했던 예언 한 줄기가 스쳐지나갔다.

-남궁세가에서 태어난 쌍둥이가 천하를 말아먹는다.

남궁일과 독고월.

전혀 다른 인물이면서도 또 같은 인물이라니.

참으로 공교롭다.

물론 제갈현군은 이번 사달을 그 예언처럼 생각하지 않았다.

"언제고 벌어질 일이었지. 일단은 북리천극을 만나봐야겠군."

"……!"

수하가 참담한 안색으로 바라봤다.

제갈현군은 그런 수하의 걱정을 가볍게 일축했다.

"얼굴만 보러 가는 거네. 자네의 기우대로라면 지금쯤 구대 세가의 요구를 들어줬을 거네."

"생각이 짧았습니다."

부끄럽다는 듯이 고개를 숙인 수하는 총총걸음으로 사라졌다.

탁.

내실 문이 닫혔다.

제갈현군은 창밖을 향해 시선을 줬다.

"배후가 있다. 북리천극이 아무리 욕심 많은 인물이라 해도 경솔하게 움직일 리가 없으니까."

그 배후가 누군지 정확히 파악하진 못했지만, 조만간 밝혀질 터.

제갈현군은 그 밝혀질 순간이 빨리 찾아오길 바랐다.

그 뭔가가 밝혀지는 때가 늦어지면, 이미 손을 쓰기에도 늦어지는 게 아닐까?

"부디 기우였으면 좋겠지만, 그럴 리는 없겠지."

이미 암운은 하늘을 뒤덮고 있었다.

✠

흐릿한 하늘 아래의 화려한 전각.

평소라면 빼어나게 아름다운 무희들이 하늘거리는 나삼을 입고 춤판을 벌였을 텐데, 오늘은 잠잠했다.

전각 내부에 무게를 잡고 있는 텁석부리 때문이었다. 수하들을 모두 물린 텁석부리, 사도명은 소도를 만지작거렸다. 무언가 마뜩잖은 일이 벌어질 때마다 나오는 버릇이었다.

"흐음."

화끈한 그답지 않게 침음성까지 흘리는 것이 장고에 빠진 듯이 보였다.

드르륵.

문을 열고 들어온 이는 흑화의 수장인 일화였다. 평소

맹주의 권위를 세워야 한다며 귀에 못이 박이도록 잔소리하던 그녀다. 이렇게 기별 없이 들어올 리가 없었다.

"……."

사도명은 일화의 손에 들린 서신이 떨리는 걸 봤다.

급한 전갈이다.

일화는 종종걸음으로 다가와 사도명에게 급히 서신을 건넸다.

사도명은 그 서신을 받았다. 쫙 펼쳐진 서신을 훑는 사도명의 눈동자, 좌우로 한 두 번 가더니 그대로 구겨버렸다.

일화가 불안한 눈초리로 물었다.

"예상하신 대로입니까?"

"그래, 무림맹과 자웅을 가리는데 나서지 말라는군. 혹여 접경지역을 넘는 순간, 철갑귀마대가 이곳으로 진격한다고 협박까지 적혀있고."

"……!"

일화의 입술이 파르르 떨렸다. 이건 사도명 아니, 흑도맹 입장에서 무척이나 자존심 상하는 일이었다.

마교가 제아무리 흑도맹을 우습게 본다지만, 그래도 한 거대세력 단체의 수장을 대상으로 이런 서신을 보낼 순 없었다. 그것도 협박이나 다름없는 서신으로.

평소 얼마나 흑도맹을 개똥같이 봤으면 이런단 말인가.

일화는 이를 바득바득 갈고 싶었지만, 사도명 앞이라 참았다. 자신이 이럴진대 사도명은 어떨까 싶었다.

평소의 화급한 성격을 떠올리면 격분하고도 남음이다.

일화는 곧 들이닥칠 질펀한 욕설을 기대했지만, 흑도맹주 사도명은 잠자코 있었다.

"……"

"……"

일화는 영문을 모르겠다는 듯이 고개를 갸웃거렸다.

평소 보인 반응과 너무 상이했다. 혹 너무 열 받아서 할 말을 잃은 걸까 싶었지만, 사도명의 눈빛은 깊게 가라앉아 있었다.

의구심 섞인 그 눈빛을 눈치챘는지 사도명의 고개가 그녀에게로 향했다.

"왜 낭군님께서 가만히 있는 게 오히려 걱정되느냐?"

"그건 아니지만."

약간은 빨개진 볼로 일화가 눈길을 피했다. 왠지 가만히 이러고 있으니까, 평소와 달리 좀 멋져 보인 탓이다. 시정잡배처럼 욕설부터 할 줄 알았는데, 이렇게 거대한 단체의 수장에 어울리는 거악 같은 태도라니.

발칙한 생각이나, 혹 대역무인이 아닌가 싶을 정도로 딴 사람을 보는 기분이었다.

화르륵.

그 내심을 알 리 없는 사도명은 구겼던 서신을 삼매진화로 태웠다.

순식간에 재가 되어 떨어지는 걸 보며 일화가 말했다.

"강호에 전운이 닥칠 겁니다."

"강호에 전운이 감도는 건 문제가 아니다."

"네? 그게 무슨 말씀이죠?"

사도명의 확언에 일화는 불경을 무릅쓰고 되물었다.

사도명은 독고월을 만나고 난 뒤, 줄곧 석연치 않은 느낌을 받았다. 그건 일종의 촉이었다. 뭔가 더 있음을 어렴풋이 느끼고 있었지만, 그 실체를 확인하지 못한 터라 용봉대전에 잠행까지 했었다.

그리고 모든 광경을 지켜봤다.

"용봉대전에서 독고월이 죽은 건 철저히 조작된 것이다."

"……."

일화는 지난번에도 들었던 말에 잠자코 있었다. 홀로 잠행에 나선 사도명이 그렇다면 그런 거였다.

"하나 죽은 것도 사실이지. 한데 내 감이 말하고 있다. 지금은 기다려야 할 때라고."

사도명의 육감은 정말이지 신통방통했으니까.

그 동물적인 육감 덕분에 이합집산을 일삼던 흑도맹이 지금의 위치까지 올라왔기에, 일화는 사도명의 감을 거의 신봉하는 수준이었다.

그럼에도 불구하고.

일화는 씁쓸한 미소를 흘렸다.

"송구스럽게도, 이번 만은 그 육감을 따르기가 어렵네요. 무림맹 사절에겐 강짜를 놓긴 했지만, 다음이 저희 차례라는 건 열 살배기 애도 아는 사실인데, 대체 왜 기다려야 하는 건지 모를 일이네요."

"흐흐, 마교 그 무식한 놈들에 한 끗발 떨어진다는 건 코흘리개도 아는 사실이지."

더할 나위 없이 모욕적인 말이었지만, 일화는 아무렇지 않아 했다.

사실이 그러했으니까.

강호의 내로라하는 세력 중 단연 앞서는 곳이 마교였다. 사분오열 된 무림맹을 먹어치우고 나도, 흑도맹을 삼킬 여력이 있을 정도였다.

"그래도 기다려야 해."

흐릿한 미소를 흘린 사도명의 머릿속에 건방진 놈의 얼굴이 떠올랐다.

일화도 마침 그를 떠올렸는지 입술을 뗐다.

"혹 죽은 그의 뒤에 있을 지도 모를 배후세력을 기다리는 건가요?"

"네가 보기에 그놈이 어디 누구 밑에서 딱까리 노릇이나 할 놈이더냐? 아니 애초부터 말이 안 돼. 그런 시건방진 놈을 밑에 데리고 있다간 울화통이 터져 죽을 것이다. 홀아비 냄새나는 고승도 득도를 간절히 바랄 정도로 말이야."

"푸훗."

일화는 그 말에 저도 모르게 웃음을 터트렸다.

사도명은 마주 웃고는 한숨을 내쉬었다.

"솔직히 말하지."

"그게 뭔지……."

말꼬리는 흐리는 일화를 보며 사도명이 단순하게 결론 지었다.

"그놈은 정말 뒈져서 어디 야산에 묻혔다."

"……!"

일화는 말도 안 된다고 말할 뻔했다. 제 죽음을 조작할 정도로 뛰어난 그가 누군가에 죽어서 야산에 묻혔단다. 그가 저잣거리에서 고리대 빌렸다 갚지 못해 죽는 얼간이도 아니고.

당금 강호에서 대단한 그를 쥐도 새도 모르게 처치할만 한 세력이 있을까?

"그를 처치할 수 있는 자라면 마교주나 맹주님 정도밖에 없는데 말이죠."

은근슬쩍 흑도맹주를 끼워 넣는 일화의 그 마음을 사도명이 모를 리 없었다. 하지만 사도명은 알았다. 당시 독고월에게서 느껴진 기세는 그가 어찌해볼 수준이 아니란 걸 말이다.

최소로 잡아도 자신보다 한 수 위였다.

"어찌 됐든, 대전을 벌이고 싶어 안달 난 마교놈들이 그런 자충수를 둘리는 만무하다. 독고월을 통해 무림맹을 칠 명분을 만든 놈들이니까."

"그렇단 이야기는?"

"그래, 흑막이 있지."

"그 근거를 여쭤봐도 되는지요?"

"지금은 그냥 감이라고 말해두지."

사도명은 그답지 않게 씁쓸한 미소를 지었다. 그 근거가 스스로 생각하기에도 너무 얄팍해서다.

일화는 생긋 웃었다.

"그렇다면, 흑막은 확실히 존재한다고 봐야겠군요."

"허허."

밑도 끝도 없는 제 말을 신뢰해주는 말에 사도명의 기분이 나아졌다.

일화는 조용히 몸을 일으켰다.

"그럼 지금부터 암중세력을 대비할 계획을 세우겠습니다."

"그저 감이래도."

사도명의 질책 어린 목소리에도 일화는 단언했다.

"다른 이라면 그렇겠지만, 제가 존경하는 흑도맹주님이자, 사랑하는 낭군님의 감이에요. 이 강호에 유일하게 믿을 만한 감이죠."

"……."

사도명은 묵묵한 시선으로 일화를 쳐다봤다.

일화는 잘 익은 감처럼 붉은 얼굴로 그 시선을 피했다. 그 시선이 말하는 바를 짐작해서다.

"……오랜만에 질펀하게 잘까?"

마침 들려온 저속한 언행에 일화는 한숨을 내쉬었다.

"정말 저질이세요."

2

어둑한 하늘에서 비가 추적추적 내렸다.

팍, 팍!

물을 흠뻑 머금은 대지가 파헤쳐지고 있었다.

피 냄새를 맡은 허기진 들짐승은 아니었다.

온몸이 흙범벅이 된 가해월이었다.

모용준경과 서문평은 가해월이 각자의 세가로 돌려보냈다.

느닷없이 눈물을 펑펑 흘려대는 가해월에 그들은 의아했지만, 평소답지 않게 심상치 않은 분위기를 풍기는 통에 물어볼 수가 없었다.

그저 걱정하지 말고 기다리라며, 찾아올 위기에나 대비하라고 했다.

처음엔 모용준경과 서문평은 그럴 수 없다며 반항했지만, 가해월의 적절한 환술과 거짓말에 속아 넘어갔다. 미리 대비하지 않으면, 초절정무인도 당하고 마는 게 가해월의 환술이었다.

독고월이나, 기라성 같은 정파의 고수들도 당하지 않았던가.

애송이들을 속여 넘기는 것쯤은 일도 아니었다.

하여 천안통으로 기회를 살피던 중 드디어 이곳을 찾은 것이다.

자그마치 하루를 기다렸다.

이유는 간단했다.

감시의 눈이 있었다. 천안통이 있는데다, 하늘이 도왔기에 겨우 발견했다. 그렇지 않으면 가해월마저 살해당할 정도로 상대는 대단한 고수였다.

참으로 주도면밀한 놈들이다.

그러니 강호의 전복을 꿈꾸는 거겠지.

그리고 마침내!

감시의 눈이 사라지자, 가해월이 다급하게 땅을 파 내려갔다.

하루를 꼬박 기다린 보람이 있었다.

초난희는 분명 독고월에게 말했었다. 가해월이 천안통으로 찾을 수 없을 거라고, 그 말은 천안통으로 볼 수 없게 초난희가 장막을 쳤다는 건데.

하면 어째서 가해월은 이곳을 찾을 수 있었던 걸까?

그 답은 간단했다.

초난희는 처음부터 그러지 않은 것이다. 자신의 스승이라면 천안통으로 낱낱이 볼 터.

초난희가 건 승부수는 바로 가해월이었다. 그녀에겐 독고월을 살릴 묘안이 있었다.

하지만 이미 죽어 나자빠진 시체를 살린다는 건 말이 안됐다.

가해월은 제발, 제발! 이라고 수없이 되뇌며 땅을 팠다. 회의무복이 흙범벅이 되어도 아랑곳하지 않았다. 비에 엉망이 된 몰골로 파 내려가던 두 눈이 번쩍였다.

사람의 손이었다. 그것도 서로 다른 두 손, 곱게 포개진 채였다.

가해월은 그 주인들을 어렵지 않게 짐작해냈다.

"흐윽!"

제자년과 망할 놈의 손에 눈물이 왈칵 쏟아졌다.

파악!

가해월이 두 손을 잡고 단숨에 끌어올렸다.

절정의 내력을 가진 그녀답게 두 사람을 꺼내는 건 일도 아니었다.

의외로 둘은 깨끗했다. 송장벌레가 꼬일 만도 했는데

말이다.

가해월의 눈에 비수가 들어왔다.

은은하면서도 오묘한 빛이 비수에서 두 사람을 감싸고 있었다.

왜 이제 와서 눈치챘을까.

힘을 다했는지 비수의 빛은 그대로 사그라졌다. 가해월의 눈에서 하염없이 눈물이 흘러내렸다.

"이 망할 년아."

욕설을 내뱉은 가해월은 엉망이 된 소매로 얼굴을 훔쳤다. 그리고는 두 사람을 안아 들고 신형을 날렸다.

휘익.

바람처럼 쏘아진 가해월의 종착지는 화전민촌이었다.

웅성웅성.

그곳에 도착하자 일단의 사람들도 마침 도착해 있었다. 과거 독고월이 전표를 주며 부탁한 대로 저잣거리에서 잠시 머물다가 온 화전민촌 사람들이다. 이유도 모르고 용봉대전이 벌어지는 기간 동안 잠시 객잔에서 머물렀다.

그저 은인인 독고월의 명이었기에 따랐다. 그땐 왜 그래야 했는지 의문이었지만, 누군가 자신들을 찾기 위해 헤집은 듯한 마을 모양새에 따르길 잘했다고 여겼다.

그러더 갑자기 나타난 가해월에 당황했다.

다행히 그녀를 알아본 곽씨가 서둘러 다가왔다.

"가해월 어르신."

어려워하는 기색이 역력한 호칭이었다.

"지금부터 방해하지 말고, 입들 다물어."

가해월은 그녀들을 싸늘하게 노려보고는 두 사람을 데리고 들어갔다. 초난희의 처소였다.

워낙 가해월의 표정이 흉흉한 터라, 다들 찍소리 못하고 각자의 처소로 돌아갔다.

털썩.

가해월은 두 구의 시신을 서둘러 눕혔다. 그리고는 서둘러 살피기 시작했다.

초난희의 뛰어난 의술 실력이 어디서 기인했겠는가?

바로 가해월에게서다.

과거 죽은 사람도 살려낸다는 전설적인 신의(神醫) 편작과 버금가는 실력이라며 마의(魔醫)로 불렸던 그녀다.

물론 어느 정도 과장이 된 소리였다. 시체를 살려내는 방법은 없었다. 하지만 죽어가는 이를 살리는 건 가해월에겐 충분히 가능했다.

뚝, 뚝.

가해월의 눈시울이 붉어지다 못해, 영롱한 물방울이 떨어져 내렸다.

정말 천운이라도 따른 걸까.

독고월의 상체를 아로 지르는 검상이 천만다행으로 심장을 비켜갔다. 엄청난 충격의 연속으로 심장이 멎은 상태였지만, 어찌 된 영문인지 도로 뛰기 시작한 것이다.

초절정고수의 경이로운 생명력만으로 설명할 순 없었다.

가해월의 천안통이 독고월을 낱낱이 살피기 시작했다.

불같이 일어났던 흔적, 그리고 점차적으로 사그라지는 기운이 가슴 쪽 중단전에서 느껴진다.

"화신단!"

가해월이 낸 목소리에 담긴 희열이었다.

천행인지, 요행인지 화신단이 중단전이 있는 가슴 쪽에 흘러들어 간 것도 모자라, 피에 화신단이 녹아든 상태다. 상반된 성질인 화신단이 녹아들자, 극음지기가 반발하듯이 일어난 천재일우의 상황이다.

그야말로 기연의 연속이었다.

하늘이 돕지 않고서는 벌어질 수 없는 기연 중의 기연.

"이럴 때가 아니지."

가해월은 얼른 정신을 차리고 독고월의 가슴팍에 귀를 대었다.

아주 미약한 고동소리.

한데 점점 사그라지고 있었다.

상반된 성질인 화신단에 의해 회광반조처럼 일어났던 기운, 생명력이 줄어드는 중이었다.

파내는 게 일각만 늦었어도 독고월은 죽었다.

가해월은 쾌재를 부르며 서둘러 의술을 펼치기 시작했다. 꺼져가는 불씨를 살리기 위해 엄청난 집중력을 발휘하는 그녀였다. 하지만 대단한 의술만으론 부족했다.

아무리 신의, 명의 각종 호칭이 어울리는 의술 실력이라고 해도 말이다.

한 가지가 더 필요하다.

"……!"

뇌리로 번개처럼 스쳐 지나가는 초난희와의 대화.

"이년이, 오래 걸릴 일을 아주 아무렇지 않게 부탁하지? 지 스승을 하인처럼 부려 먹는데 아주 도가 텄어, 그냥. 대체 누구 닮아서 그러는 거냐!"

"강호에서 제일 잘난 스승님을 둬서 그렇죠. 그리고 전 스승님 말고 부탁할 사람도 없는 걸요. 스승님의 천안통 덕에 귀령수 작업도 막바지에 이르렀잖아요."

"아니, 만년설삼을 구해오는 게, 남의 집 감나무 서리하는 거냐고!"

"스승님이라면 일 년도 안 걸릴 거라 불초 제자가 장담하지요."

"어이구, 이 박복한 년의 팔자. 세상 천지 제자 심부름 하는 스승이 어디 있냐고? 것도 그 감사하다는 스승 먹일 것도 아니고, 남 처먹일 거를!"

"다 스승님을 위한 거예요. 그리고 힘들게 구해오실 테 니 반 뿌리는 드릴게요."

"야 이년아, 스승이 구해온 걸로 생색은 왜 내고 지랄이 야."

화전민촌의 참화를 발견하고, 허망했던 당시의 가해월 이 구해온 그것.

만년설삼!

그것이 바로 꺼져가는 생명의 불씨를 도로 지필 천고의 영약이자, 필요한 단 한 가지였다.

3

참으로 공교로운 일이다.

초난희의 성화에 못 이겨 구해온 만년설삼이 이렇게 시 기적절하게 쓰일 줄은 꿈에도 몰랐다.

비수를 보는 가해월의 눈이 젖어들었다.

"망할 년, 이런 걸 예상한 것이냐? 혹시라도 있을 만약의 상황에 대비해 스승을 그리 부려 먹은 게야? 아이구, 이년아."

물기 젖은 목소리를 낸 가해월은 소매로 눈가를 찍었다. 그리고 처소 안의 비밀 서랍을 열었다.

달칵.

간단한 장치를 건들자 목함이 모습을 드러냈다.

그 목함을 쥔 가해월의 눈이 번뜩였다.

귀령수가 필요했다. 그것도 아주 많이.

가해월은 사람들을 시켜 귀령수를 큰 장독에 그러모았다.

웅성웅성.

처음엔 영문을 몰랐던 그들이었지만, 초난희와 독고월을 발견하고는 두 팔 걷어붙이고 도왔다.

그들에게 형언할 수 없는 은혜를 베푼 이들 아니던가.

하나부터 열까지 가해월이 시키는 대로 열과 성을 다해 도왔다. 특히 곽씨는 눈물바람을 흘리면서 그녀를 성심성 의껏 보조했다. 똑똑하고 영민한 그녀는 가해월이 구해오 라는 약초 목록을 들고, 직접 나서기까지 했다.

그들이 머무는 고산의 산줄기.

영산은 아니어도, 제법 규모가 큰 고산채 덕분에 약초꾼 의 발길이 그리 닿지 않은 곳이었다. 약초 뜯으러 왔다가 배나 뜯기고 가니 발길이 끊어진 것이다.

자연히 가해월이 말한 약초들은 곳곳에 널려 있었다.

화전민촌 사람들, 특히 사내들의 도움이 컸다. 산짐승을 만날 위험을 무릅쓰고, 그녀들을 도왔다.

그들을 향한 가해월의 싸늘한 눈초리가 좀 누그러질 정도였다.

귀령수로 담금질을 끝낸 독고월의 육체.

보기 힘들 정도로 엉망이었지만, 탈태환골한 육체는 어디 가지 않았다. 모두가 경악했다. 조금씩 회복하는 중이어서다.

가해월에겐 그 회복속도를 한 번에 끌어올릴 방법이 있었다.

만년설삼.

극한지에서 자란다는 사람을 닮은 이 인삼은 보통 사람이 먹으면 불로장생의 영약이 되고, 무공을 익힌 삼류 무인이라면 단번에 엄청난 내공증진을 선사해준다.

한 마디로 다 죽어가는 독고월의 육체를 살리기 위한 최적의 영약이었다.

으직.

가해월은 그걸 베어 물었다. 그걸 먹기 위한 것이 아니었다. 그리고 그대로 자신의 입을 독고월에게 맞추었다.

꿀꺽.

현재 독고월은 씹을 수가 없는 상태였다. 먹는 즉시 녹는 물건은 아니었기에 가해월은 제 입으로 한 차례 씹은 뒤, 만년설삼의 기운을 한점도 남기지 않고 독고월의 입안으로 밀어 넣었다.

향긋한 향은 머리가 아찔해질 정도였다.

가해월이 얼굴을 붉혔다.

"흥, 본녀의 첫 입맞춤을 가져가는 걸 영광으로 알라고."

물론 확인할 수 없는 사실이었다. 여인이 그렇다면 그런 거라지만, 독고월이 들었다면 면박을 주고도 남았다.

헛소리 작작하라며.

그 모습을 떠올리자 입가에 미소가 지어진 가해월, 얼른 그 과정을 계속해서 반복했다. 만년설삼 모두를 입안에 밀어 넣고는, 독고월의 울대를 움직여 모두 삼키게 하였다.

싸아아아.

오랜 가뭄 끝에 단비가 내린 것처럼, 만년설삼의 영묘하고도 어마어마한 기운이 독고월에게 스며들기 시작했다. 독고월의 신형이 부르르 떨리는 게 그 증거였다.

얼굴이 잘 익은 능금처럼 새빨개진 가해월이 서둘러 독고월의 전신을 두드리기 시작했다. 만년설삼의 기운이 사지백해로 잘 스며들게 하기 위해서였다.

타다다다닥!

전신의 혈도를 두드리는 손길에 담긴 내공이 만만치 않았지만, 그녀는 아낌없이 퍼부었다. 한 치의 오차도 허용치 않은 일정한 내공을 담아 두드리는 손길, 가해월의 이마에서 땀이 비가 오듯이 흘러내렸다.

그래도 멈추지 않았다.

독고월의 세맥까지 만년설삼의 기운을 스며들게 하려면, 족히 하루는 꼬박 걸리리라.

곽씨를 비롯한 화전민촌 사람들에게 미리 언질을 줬으니, 방해는 없을 것이다. 그리고 그녀들이 구해온 약초들로 부상을 치료하면 되었다.

가해월은 점점 생기가 도는 독고월을 보면서 입술을 깨물었다.

"뭔 부귀영화를 누리겠다고, 이런 고생을 하는지 몰라!"

머릿속에 얄밉게 굴던 독고월의 모습이 떠올라 투덜댔다. 애초부터 만년설삼을 독고월에게 주려고 했지만, 자신을 여인취급은커녕 막 대하는 것도 모자라, 부려 먹기까지 해댄 놈이다.

아무리 미운 놈 떡 하나 더 준다고는 하나!

천신만고 끝에 구해온 만년설삼을 내주고 싶진 않았다. 그래서 지금껏 잠자코 있었는데, 설마 이런 식으로 쓰게 될 줄은 몰랐다.

것도 팔자에도 없는 병수발까지 들어가면서까지.

"아이구, 내 팔자야. 전생에 도대체 무슨 죄를 지었기에 이런 생고생을 하는지."

가해월은 짧게 혀를 찼다.

타타타탁!

하지만 그녀의 손길은 멈추지 않았다. 계속해서 독고월의 전신을 두드렸다. 그 정성 어린 손길에 독고월의 상태는 호전되고 있었다.

까딱 잘못하면 죽을지도 모를 순간이 수시로 찾아왔지만, 가해월의 천안통과 대단한 경지에 이른 의술은 그걸 막힘없이 피해 갔다.

한 시진.

두 시진.

시간은 속절없이 흘러갔다.

"쿨럭!"

가해월의 입에서 피가 섞인 기침이 나왔다. 무리를 한 덕분에 내상을 입은 것이다.

그럼에도 불구하고.

가해월은 멈추지 않았다.

죽어가던 사람 하나 살리는 일이다. 결코, 쉬울 리가 없었다. 아무리 화신단과 귀령수, 천고의 영약인 만년설삼의 도움이 컸다 해도, 가해월이 아니었다면 독고월은 진즉 죽었을 거다.

"하, 한고비 넘겼어."

뱉은 말과 달리 독고월의 전신을 주무르는 손길은 여전히 계속됐다. 사지백해에 퍼진 기운이 제대로 자리를 잡게 하기 위해서였다.

만년설삼 하나 먹는다고 끝날 일이 아니었다.

지난한 과정은 계속됐다.

뿌드득.

이건 가해월이 분통이 터져서 이를 가는 소리가 아니었다.

"……!"

그 의미심장한 소리에 가해월마저 놀란 토끼 눈을 했다.

이게 대체 어찌 된 건지 의문을 가지기 전에 독고월의 몸에서 변화가 일어났다.

뿌드득, 뿌드득.

마치 부러진 뼈가 제자리를 찾아가는 소리처럼, 괴이한 소리는 계속됐다.

가해월의 떨리는 손이 멈춰졌다. 눈앞에서 기이한 빛에 둘러싸이는 독고월의 육체가 보였다.

서광(瑞光).

뭔가 조짐이 있었다.

이미 한 번의 탈태환골을 한 독고월이었다.

가해월도 알고 있던 사실이었다. 하면 이건 뭔가 싶어 넋을 놓고 지켜봤다.

아니나 다를까.

미미했던 변화는 격렬해졌다.

꽈득, 콰지지직!

온몸이, 혈맥이 찢겨나갈 듯이 요동치기 시작한 것이다.

"이, 이건 말도 안 된다고……!"

가해월은 벌린 입을 다물지 못했다.

우드드득. 우득. 우드드드득.

뼈가 꺾이고 피부가 찢어졌다. 이미 엄청난 피를 흘려냈음에도, 피는 계속해서 흘러나왔다.

일반적인 의원이라면 이를 막기 위해 애를 썼겠지만, 가해월은 그러지 않았다.

벌컥, 벌컥.

시커멓게 죽은 피가 흘러나왔다.

코를 마비시키는 고약한 냄새도 함께.

가해월의 두 눈이 경악으로 물들었다.

지금 그녀의 눈앞에서 벌어지는 극심한 변화의 태동.

이건 도무지 말이 안 되는 일이었다.

이 강호에 다시없을 기사가 벌어지고 있었다.

또 한 번의 탈태환골이었다!

第 2 章

第 2 章.

1

달포가 유수와 같이 흘렀다.

접경지대에서 격전이 연일 벌어지는 외부 사정과 달리 이곳은 평화로웠다.

가해월은 천안통을 거두며 한숨을 길게 내쉬었다.

제갈현군은 백방으로 뛰어다니며 노력했지만, 한계에 봉착하는 건 머지않았다. 이때다 싶어 북리천극과 팔대세가주를 석방하라고, 압박을 넣는 구대세가가 원인이었다.

하나가 된 무림맹의 힘으로도 벅찬데, 삼분지 일이 떨어져 나간 현 상황에선 마교의 파상공세를 막기엔 무리였다.

흑도맹은 의외로 잠잠했다. 마치 때를 기다리는 형세로 접경지역에 병력을 집중시켰을 뿐, 별다른 행동은 하지 않았다. 어떠한 성명도 내지 않은 것이다. 그저 제 한 몸 건사하겠다는 듯이 그러고 있었다.

겨우 살아 돌아온 무림맹의 사절이 들고온 소식도 암울했다.

사절을 보내면 용서치 않겠다고 한다.

그 말은 뭐겠나?

너희 둘이 싸우다 힘 빠질 때까지 기다리겠다는 거지.

그러니 갑갑해진 건 무림맹이었다.

지금까지야 일진일퇴를 거듭하고 있었으나, 곧 이마저도 쉽지 않으리라.

생각보다 마교의 준비는 철저했다. 그간 키운 무인의 수는 엄청났고, 각종 괴이 신랄한 병기를 앞세워 접경지역을 유린하고 있었다. 또 유격전에도 능해 정파의 세가 강한 지역을 부단히도 괴롭혀댔다.

정파의 저력도 만만치 않았지만, 단일세력의 최강답게 접경지역으로 몰려드는 마인들의 세는 계속해서 불어나는 추세다.

그에 반해 무림맹의 세력은 눈에 띄게 줄어드는 중이었다. 병력의 수발은 물론, 수송 어느 하나 제대로 되는 게 없는 게 문제였다.

그나마 돈이 많기로 소문난 서문세가에서 물심양면으로 나서서 다행이지, 그렇지 않았다면 보급 면에서 뒤처지다 못해, 진즉 패퇴 당했을 것이다.

거기엔 서문평의 존재감이 컸다.

서문세가 쪽에서도 남궁일의 죽음에 대해 어떤 내막이 있었는지 파악한 눈치였다. 그렇기에 이참에 서문평을 내세워 세가의 영명을 드높이려고 부단히 애쓰는 중이었다. 서문평이 보낸 서신이 발단이 됐다는 걸 쇄신하려는 마음도 어느 정도 있었다. 그래도 정파 강호의 위기에 발 벗고 나서려는 마음이 더 크다고 봐야 했다.

모용세가 쪽은 가주인 모용선의 건강이 문제가 되었다. 연일 허언을 일삼는 터라 모용세가의 분위기가 좋지 않았다. 선발대는 차출해서 보내줬지만, 아직 세가의 핵심전력은 그대로였다.

핵심전력을 이끌어줄 모용선이 하루빨리 정신을 차리지 않으면 나서지 않겠다는 뜻이다.

"하아."

가해월이 보기에 모용선의 상태는 생각보다 심각했다. 정신적인 병에는 백약이 무효했다. 모용선의 병세는 더욱 악화 될 것이다.

"뭐, 인과응보겠지."

비소를 흘린 가해월은 좀 더 정세를 살필까 하다가, 극심한 피로를 느꼈다. 지금 그녀의 상태는 좋지 않았다. 무리하게 독고월을 치료하며 진원진기를 손상당해서다.

선천지기까지 아낌없이 퍼부어 전신을 주물러 타혈을 해주는 일은 혈연관계에서도 하기 쉽지 않은 일이었다. 막대한 심력과 내력이 소모됐기에 정양이 필수였다. 그러나 금방에라도 꺼져가려는 생명의 불씨를 살리기 위해 가해월은 한시도 쉴 틈이 없었다.

정말 운 좋게도 독고월이 탈태환골을 했지만, 아마 한시진 아니, 반시진만 더 늦었어도 가해월이 주화입마에 빠져 죽었으리라.

"……그나저나 두 번의 탈태환골이라니."

의술에 일가견이 있는 가해월이 생각하기에도, 운이라고 말하기엔 뭔가 석연치 않은 구석이 있었다.

만년설삼이 천고의 영약이라고는 하나, 전설의 경지인 탈태환골을 다시 한 번 할 정도는 아니었다. 또 귀령수가 어느 정도 도움이 된 건 사실이지만, 그것도 이유가 되기엔 불충분했다.

가해월은 그 이유를 어디에서 찾아야 할지 고민이 됐다. 그녀가 이룬 무위나 의술의 경지로는 가늠조차 어렵다니.

천안통으로 살펴도 그에 대한 해답은 찾을 수가 없다.

본인에게 물어보고 싶어도.

"흥! 이놈의 자식이 발딱 일어나야 말이지. 아우, 왜 이렇게 잠만 처 자대는 지, 대체 왜! 본녀가 똥수발까지 들어 줘야 하느냐고? 어디가 예쁘다고!"

벌써 달포째 혼수상태다.

가해월은 발을 동동 굴렀다. 땅 위의 마른 낙엽들을 있는 힘껏 밟아 가루로 만들어도 분이 풀리지 않았다. 그나마 조각 같은 몸매 보는 낙으로 버텨왔지만, 그것도 이젠 쉽지 않았다.

곽씨와 같은 화전민촌 여인들이 옆에서 밤샘간호를 하기 때문이었다. 미음을 쑤어와 입에 흘려 넣어주고, 살피는 게 그녀들의 보은 방법인지라, 뭐라 말도 못하고 속만 끙끙 앓았다.

단둘이는 탈태환골 뒤, 딱 하루밤에 못 있어봤다. 외상도 내상도 말끔히 나았다는 건 열 살배기가 봐도 알 정도로, 얼굴에서 광채까지 나대는 독고월이었다.

그녀들에게 치료를 목적으로 자리를 피해달라는 건 씨알도 안 먹혔다. 눈물바람으로 간호를 돕겠다고 성화를 부려대는 통에 부득불 허락은 했지만, 분통이 터졌다.

"눈요기도 마음껏 못 하고, 이게 뭐냐고!"

역시 그런 쪽이 분통이 터지는 거였다.

가해월에겐 이따위 강호가 어떻게 돌아가든지 알 바가

아니었다. 그나마 이렇게 신경 쓰고 있는 건, 깨어난 독고월에게 잘난척하며 가르쳐줄 순간 때문이지, 강호의 위기에 걱정이 되어서가 아니었다.

그나저나 언제까지 이곳에 있어야 할지 모르겠다.

그냥 이대로 고즈넉한 산속에 사는 것도 썩 나쁘지 않았다.

신기루와 같은 사업장은 이미 정리해놨다. 문제가 될 건 없었다. 대충 운영하던 거 헐값으로 넘기며 관리에게 뇌물도 찔러줬으니 탈 날 일도 없을 게다. 수중에 돈도 제법 있었다.

흑야에게 추적당할 일도 없다.

그녀에게 따라붙으려는 눈들은 환술로 따돌려놨다. 빌어먹을 사야가 아니고서야 그녀의 환술을 깨트릴 존재는 없다고 봐야 했다.

"내 입으로 말하긴 뭐하지만, 본녀는 강호 일절이니깐."

자화자찬으로 제 얼굴에 금칠한 가해월이 서둘러 주위를 둘러봤다.

기분 탓인가? 누군가 비웃은 거 같은데?

가해월은 고개를 갸웃거렸지만, 호들갑스런 발걸음 소리에 고개를 돌렸다.

화전민촌 처녀가 그녀를 향해 날 듯이 달려왔다.

눈물 콧물로 범벅된 표정만 봐도 무슨 말을 할지 뻔히 알만하다.

가해월의 가슴이 두근거렸다.

드디어!

라는 생각이 들어 기뻐하던 찰나.

두 눈이 매섭게 빛났다.

퍼억!

가해월은 다가오던 화전민촌 처녀를 그대로 발로 밀어 찼다.

"에그머니!"

자지러지게 놀라며 벌러덩 넘어진 처녀의 머리 위로, 날카로운 암기 하나가 스쳐 지나갔다.

스륵.

조금만 늦었어도 잘린 건 곱게 말아 올린 머리가 아니라 목이었을 것이다.

가해월은 낭패 어린 표정으로 암기가 날아온 쪽을 바라봤다.

이 자리에 있어선 안 되는 인물이 그곳에 있었다.

"설마 이런 곳에 쥐새끼처럼 숨어있으면 내 못 찾을 줄 알았느냐?"

느긋하게 다가오는 인물은 그녀도 잘 아는 이였다.

"계집의 같잖은 환술이 통하는 건 어중이떠중이들까지지. 이 사야님을 속이려면 백만 년은 이르다."

지금 가장 만나고 싶지 않은 상대.

바로 붉은 눈의 사야였다.

2

가해월은 침을 꿀꺽 삼켰다. 서둘러 전음을 화전민촌 처녀에게 보냈다.

─절대 독고월 공자에 대해 일언반구도 하지 말거라.

화전민촌 처녀가 알았다는 듯이 두 눈을 깜빡였다. 눈치도 제법이고, 머리도 영민했다.

덕분에 사야는 가해월이 보낸 전음을 눈치채지 못한 듯이 물어왔다.

"운영하던 사업장도 정리하면서까지 말이야. 뭐 덕분에 종적을 찾았지만, 한데 왜 네년이 이곳에 있는 거지?"

역시나 그게 발단이었나. 설마 했던 신기루를 팔고 난 게 탈 날 줄은 꿈이야.

가해월은 어두운 낯빛을 해 보였다. 그래도 말을 하는 꼴을 보니, 독고월이 다시 살아난 건 모르는 듯했다. 가해월은 놈의 관심을 다른 쪽으로 돌리기 위해, 슬슬 설을 풀기 시작했다.

"왜 신기루에 점 찍어둔 기녀라도 있었느냐? 설마 기녀의 품이 그리워 예까지 쫓아온 거야? 하긴, 그럴 만도 해. 어디 그 얼굴로 연애는 가당키나 해? 웃어주는 여인이라곤 돈 주면 웃음을 파는 기녀밖에 없겠지."

"허어."

사야의 툭 튀어나온 윗니가 아랫입술을 내리눌렀다. 자신의 약점을 건드는 그녀 때문이었다. 쥐 상인 사야였다. 거기다 눈동자까지 붉었다.

말 그대로 쥐처럼 생긴 것이다.

그나마 독야의 존재가 위안이 되어줬지만, 그렇다고 열등감이 사라지는 건 아니었다.

가해월은 신랄하게 설을 풀어댔다. 어떻게든 관심을 자신 쪽으로 쏠리게 하려는 것이다.

"신기루에 귀공자의 인피면구를 쓰고 온 걸 본녀가 모를 줄 알았지? 네놈이 신기루를 얼마나 뺀질나게 들락날락 걸렸는지 말이야."

"그걸 네년이 어찌!"

사야의 눈이 큼지막하게 커졌다. 설마 그런 것까지 알고 있을 줄은 몰랐다. 변장은 완벽했고, 무공을 익힌 흔적까지 지웠었다. 한데도 그녀의 눈을 속이지 못했다니.

천안통.

어째서 광야가 그런 명을 내렸는지 알 것 같았다. 그녀에게 사야 자신을 붙인 연유가 여기에 있었다.

"근데 어쩌지? 네놈이 그토록 애달프게 물고 빨던 기녀는 딴 데로 갔는데. 하지만 실망마럼. 어디로 기적을 올렸는지 이 누나가 알려는 줄게."

"한 번만 더 혀를 놀리면 금일이 늙은 계집의 기일이 되게 해주지."

쥐상의 얼굴이 험악하게 일그러졌다. 사야가 살기를 드러냈다.

가해월은 콧방귀도 안 뀌었다.

"어머나, 무섭기도 하지. 아주 그냥 오줌까지 싸겠네. 한데 물고 빨던 기녀도 아니라면, 이곳까지 본녀는 왜 찾아왔데? 설마 본녀에게 마음이 있어서 온 거야? 근데 어떡하지? 넌 본녀가 좋아하는 사내유형이 절대로 아닌데?"

비아냥거리며 사야를 도발까지 했다.

보기 드문 쌍년이었다.

"……"

사야는 하마터면 체통도 잊고 욕설을 내뱉을 뻔했다.

그래도 강호 전복을 노리는 암중세력의 장로 격 아닌가.

하물며 대문파의 수장이라 해도 사야의 상대가 되질 않았다. 앞으로 한 성(城)의 패자로 불려도 모자를 정도로 잘나갈 그다.

하지만 그는 한가지 말실수를 했다.

늙은 계집.

가해월의 집요함을 불러일으키고도 남을 천고의 말실수였다.

"본녀에게 고백하러 왔으면 됐으니까, 가봐. 넌 본녀의 미적 기준에서 한참이나 미달이니까. 아무리 본녀가 사내를 보면 환장한다지만, 발기도 안 되는 쭈그렁탱이 랑은 말도 섞고 싶지 않으니깐."

"……!"

발기된다고! 라고 외치고 싶은 사야였지만, 여기서 그런 말을 하는 게 얼마나 의미 없는지 알고 있었다. 아까 제 입으로 말했듯이 천안통으로 이미 봤을 그녀였다.

지금 저러는 게 모종의 이유로 도발하는 것쯤이라는 건 그도 매우 잘 알았다. 그 정도의 냉정함은 갖춰야 십일야의 일원이라고 할 수 있겠는데.

팔락.

전표 한 장이 사야의 발밑에 떨어졌다.

"옛다, 인심이다. 여기서 머지않은 마을 저잣거리에 빙화루라고 있을 거야. 거기 기녀가 그렇게 명기라더라. 가서 가슴골에 그거 찔러주고 발목이라도 붙잡고 애원해봐. 그럼 혹시 알아? 한 번은 자줄지?"

"이런 육시랄 년이, 감히 이 사야님을 저잣거리의 왈패로 봐아─!"

사야의 머리끝, 정수리가 폭발할 것처럼 김이 모락모락 났다.

대기마저 부들부들 떨렸다.

동료보단 한 끗발 낮지만, 그래도 초절정에 간신히 한 발은 걸친 사야다. 눈앞의 가해월을 처리하는 건, 식은 죽 먹기였다.

쿠웅, 쿠웅.

일부러 위압감을 내보이려는 듯이 땅을 찍으며 걸었다.

그 위용이 제법이어서 당당하던 가해월마저 찔끔하게 하였다.

"어머! 쌍놈의 자식이 돈까지 주며 딴 데 가라는데, 행패를 부리네? 뭐야, 정말 본녀에게 음흉한 마음이 있어서 그런 거야? 넌 본녀가 좋아하는 얼굴이 아니라니까. 그 귀공자 인피면구라도 쓰고 와. 그럼 혹시 알아? 발목은 살짝 잡게 해줄지?"

"그 발모가지를 비틀어주마."

씹어뱉듯이 말하는 사야의 시야엔 오직 가해월 뿐이었다.

사야는 가해월을 찍어눌러 줄 생각뿐이었다. 물론 무공으로는 너무 쉬운 일이고, 계집이 그토록 자신 있어 하는 사술로 박살을 내 줄 작정이었다.

사야의 눈동자 빛이 더욱 붉어졌다.

적월안(赤月眼).

어둑한 밤하늘에 뜬 불길한 붉은 달을 닮았다고 하여 붙은 이름이었다.

사술로 천하에 적수를 찾아볼 수 없는 사야의 적월안을

가해월은 천안통으로 맞섰다. 그녀의 검은 눈동자가 사라졌다.

백안이 눈부신 광채를 품은 것이다.

파르르.

사야의 적월안이 펼친 사술에 가해월의 신형이 한차례 흔들렸다. 순간 정신이 아찔해졌지만, 천안통은 가해월에게 사술의 파훼법을 낱낱이 알려줬다.

무공의 싸움이 아니었기에, 사야의 무공 수준이 높다고 한들 큰 문제가 되지 않았다.

"이럴 수가!"

사야의 놀란 음성만 봐도 알만하지 않은가.

펼쳐낸 사술이 순식간에 무위로 돌아갔다.

바로 가해월의 천안통에 의해서.

"호호, 어디 같잖은 사술로 본녀를 찜 쪄먹으려고 들어? 확실히 장담하건대, 고자 늙은이 넌! 본녀의 발끝에도 못 미쳐, 알간!"

그 호언장담에 사야는 머릿속이 하얗게 탈색됨을 느꼈다. 시건방진 말에 따른 분노도 분노지만, 가해월이 은근슬쩍 건 환술이 들이닥쳐서다.

-아홍~ 사야 어르신. 소녀가 그리웠사옵니까?

나삼을 입은 기녀가 비음을 흘리며 몸을 비벼왔다. 신기루의 간판기녀 취취였다. 고년의 수박만 한 가슴이 늘 사야를 흡족하게 해줬기에, 입가에 미소가 절로 생길 뻔했지만!

"갈!"

사야는 날카로운 일갈로 정신력을 돋구었다. 필사적으로 고개를 흔들어 환술을 떨쳐버린 사야는 침음을 흘리고 말았다.

"……!"

취취가 여전히 수박만 한 가슴을 흔들며 제 몸에 비벼대고 있었다.

"이, 이런 쳐죽일 년을 봤나!"

3

"서두르거라."

가해월이 말하자, 벌벌 떨던 화전민촌 처녀가 부리나케 달려갔다.

다행히 멍한 표정의 사야에게선 별다른 반응이 없었다.

못해도 반 각의 시간을 벌 수 있을 것 같았다. 격장지계로 평정을 잃게 한 게 주효했다.

타닥타닥.

가해월의 작은 발이 보법을 밟았다. 사야의 주위에 진을 치기 위해서였다.

지금부턴 시간 싸움이었다.

내뱉은 말과 달리 가해월은 사야를 조금도 무시하지 않았다. 오히려 두려워했다.

지금 그녀의 상태로는 사야의 일초지적이나 될까.

가해월은 진원진기에 손상을 입은 상태임에도 연신 보법을 밟아댔다. 이번 싸움의 힘겨움을 말해주듯이 가해월이 기침을 터트렸다.

"쿨럭."

내뱉은 기침엔 핏물이 잔뜩 섞여 있었다. 가해월은 소매로 서둘러 입 주위를 닦았다. 적에게 들켜선 안 됐다.

마침 사야를 기점으로 한 원형진이 거의 완성되어 갔다.

하지만.

"네 이년!"

사야가 환술에서 빠져나온 시간이 더 빨랐다. 예상외로 사야의 실력은 훨씬 대단했다.

평정을 잃은 상태에서도 이 정도라니, 냉정해진 사야의 진면목은 어쩌겠나.

상상만으로도 끔찍하다.

"이따위 환술진이 감히 내게 통할성싶으냐!"

일갈과 함께 정신을 차린 사야가 진각을 밟으려 했다.

가해월이 만든 원형진 자체를 박살 내려는 것이다.

하지만 이번엔 가해월이 더 빨랐다.

쿠웅!

찰나지간에 원형진의 마지막 보법을 찍은 것이다.

우우웅!

천만다행으로 진이 먼저 완성되었다. 기민한 가해월의 연계 덕분이다.

사야가 머리를 감싸 쥐었다.

"커헉! 취취, 이 때려죽일 년이 또 나타나서 나보고 어쩌란 것이냐!"

사야가 다시 환술에 빠져들었다.

가해월은 비아냥거릴 새가 없었다.

"커헉!"

또다시 피를 한 사발 쏟아낸 탓이다.

주르륵.

피가 땅을 흥건히 적실 정도였다. 다행히 죽은 피였기에, 어느 정도 숨은 돌릴 수 있었다.

"후우, 후우."

가해월은 독고월이고 뭐고, 때려치우고 도망갈까 싶었다. 그녀의 실력이라면 도망가는데 부족하지 않았다. 아무리 사야가 뛰어나다고 해도, 제 한 몸 빼낼 시간과 재간이 가해월에겐 있었다.

그렇게 되면 어떻게 될까.

가해월의 빈자리를 보고 난 사야의 분풀이가 어디로 향할지는 불을 보듯 뻔했다.

화전민촌이겠지.

그리고 그곳엔 사야의 보복에 죽어나갈 양민들과 혼수상태의 그가 있었다.

"아이구! 내 명에 못 죽지, 못 죽어."

가해월은 작게 혀를 차고는 양손을 풍차처럼 저었다. 사야를 공격하기 위해서가 아니었다. 지금 사야를 건들면 겨우 잡아넣은 진법에 구명줄을 내려주는 짓이다.

아무리 사야가 반쪽짜리라고 해도 초절정 무인이란 사실엔 변함이 없었다.

가해월이 취할 방법이라곤 환술을 펼치는 것 외엔 도리가 없었다. 그러니 무리해서라도 시간을 끄는 수밖에.

"으아아아아!"

성난 사야의 울부짖음.

진법에서 빠져나오려는 몸부림은 계속됐다.

가해월은 그 울부짖음에 내부가 진탕되는 걸 느꼈다. 그녀의 내상이 더욱 깊어진 것이다. 울컥거리는 욕지기를 잔뜩 억누른 가해월, 고약한 혈향이 머릿속을 띵하게 만들었다. 그럼에도 양손은 사야의 주위로 글자를 써내려가느라 여념이 없었다.

이번엔 또 다른 환술이었다.

같은 방법이 통하는 건 어디까지나 일반 고수를 상대로였다. 사야에겐 그가 듣도 보도 못한 색다른 환술 만이 겨우 통했다.

그 색(色)의 절정을 이루고도 남을 고도의 술법.

백팔미녀술(百八美女術).

진정한 번뇌와 주지육림이 뭔지 보여주고도 남을 가해월만의 환술이었다. 평생을 발기부전으로 고생하던 사내도 벌떡 일어나게 한다는 바로 그것이 바야흐로 펼쳐진 것이다.

팡!

가해월의 쌍장이 맞닿았다. 그리고 진언을 읊조리기 시작했다.

그걸 신호로 사야의 적안이 제자리를 찾았다.

진법의 효력은 다하고 말았다.

"취취 아니, 가해월 네 이녀어언—!"

머리끝까지 화가 난 사야가 쌍장을 내질렀다. 겉보기만 젊은 저 구미호 같은 계집이 뭔 짓을 하려는지는 몰라도, 진력이 날 정도로 당하고 온 마당이었다. 경기를 일으킬 정도로 분노하는 건 당연지사.

후아아앙!

어마어마한 장력의 폭풍이 몰아쳤다.

제까짓 년이 이걸 안 피하고 배겨?

득의양양한 사야의 표정만 봐도 노림수가 뭔지 알만했다. 겁먹고 물러나게 해서 환술이 완성되는 걸 저지하려는 것이다.

하지만 가해월을 잘못 봐도 한참이나 잘못 본 사야였다. 독고월의 협박에도 결코, 물러섬이 없던 그녀다. 그녀 사전에 달려드는 사내를 피하라는 말 따윈 없었다.

잡아먹었으면 후루룩~ 잡아먹었지!

위이이잉!

바닥에 그녀가 써내려간 글자가 힘차게 빛났다.

가해월은 쌍장을 있는 힘껏 떨쳐내며 우렁찬 목소리로 외쳤다.

"도로 갔다 와, 이 새끼야!"

"이, 이년이…… 커헉!"

사야는 도로 두 눈을 까뒤집었다.

만약 사야가 사술로 대응을 했다면 오히려 이번엔 가해월이 당했을 것이다. 하지만 사야는 제 무위가 가해월보다 뛰어남을 과신한데다, 머리털 난 이래로 이렇게 화가 난적 있을까 싶을 정도로 격노한 상태였다.

저를 엿 먹인 그녀에게 한 방 먹이지 않고서는 분이 풀리지 않는 거다.

결과적으로 그게 악수가 됐다.

모름지기 사술가라면, 환술에 대한 대비가 우선이거늘.

가해월을 때려죽이고 싶은 마음에 강공을 펼친 것이 사달
이었다.

"끄으, 으어어어!"

기어코 달 뜬 신음성을 내고만 사야는 온몸을 덜덜 떨어
댔다.

그럴만했다.

취취완 비교도 안 되는, 보기만 해도 끝내주는!

헐벗은 백팔미녀가 저돌적으로 달려드는데 어떤 사내가
제정신을 유지할까.

"그놈의 자식은 아니겠지만, 후후!"

가해월은 코앞으로 날아온 장력에 히죽 웃었다. 사야가
쏘아 보낸 장력이었다. 피하기엔 늦었고, 실은 그럴 힘도
없었다.

퍼엉!

가슴께에 장력을 허용한 가해월의 신형이 실 끊어진 연
처럼 날아갔다.

푸우우.

그녀가 입 밖으로 품어낸 핏줄기가 허공을 수놓았다.

4

우당탕탕.

땅에 요란스레 떨어진 가해월의 안색은 창백하기 그지없었다. 내부는 진탕되다 못해 뒤집어진 지 오래였다. 사야의 장력은 과정적으론 자충수였지만, 결과적으론 문제될 것 없는 괜찮은 포석이었다.

가해월에게 끼친 피해도 확실했다. 적어도 가해월이 도망칠 여지는 조금도 남기지 않게 되었다.

"쿨럭, 쿨럭!"

힘겹게 게워내는 핏덩이.

그 속에 내장조각이 섞여 있었다. 내상을 입은 정도가 아닌, 심한 부상이었다. 그렇지 않아도 무리에 무리를 더한 가해월이었는데, 이 장력이 입힌 피해는 너무나 컸다.

가해월은 희미해지려는 정신력을 다잡았다.

지금 정신을 잃으면 어떤 꼴을 당할지 뻔했다. 격노한 사야의 손에 당할 것이다.

죽거나 혹은 나쁘거나.

어쩌면 산채로 놈들의 근거지로 끌려가 초난희의 그 망할 할애비처럼 평생을 부림 당할지도 몰랐다.

초난희, 그 망할 제자년 때문에 제명에 못 죽는구나.

입 밖으로 내지 못할 제자년 욕을 하면서도 가해월은 히죽 웃었다.

아무렴 어떠랴.

한 줌 흙이 되어 사라져서 이제 곧 고년이 있는 곳으로 갈 것인데.

결심한 가해월은 제 심맥을 끊으려고 최후의 내공을 끌어모았다.

하지만.

턱.

누군가 벼락처럼 다가와 가해월의 혈도를 짚었다. 심맥을 끊는 걸 막으려는 그 손길에 실린 건, 활(活)의 의미보다 살(殺) 아니, 흉(凶)의 의미가 강했다.

"허억, 허억! 이 망할 계집년 어디서 자해를 하려고."

손길의 주인은 거친 숨으로 웃는 적안의 노친네였다.

가해월의 안색이 거무죽죽해졌다.

어느새 환술을 풀고 온 사야가 흉흉한 미소를 지었다. 하지만 미소는 그대로 굳어졌다. 이어진 가해월의 중얼거림 때문이었다.

"웃으니깐 더 못 봐주겠네. 쯧! 본녀의 마지막이 이런 추악한 사내의 품에서라니 하늘도 무심하시지."

"……."

정말이지 사야는 머릿속이 마비되는 것 같았다.

그랬다.

형언할 수 없는 분노로 뇌에 쥐가 날 지경이었다. 더이상 이건 참고 말고의 문제도 아니고, 살려오라는 광야의 명령이 중요한 건 더더욱 아니었다.

"광야는 그랬지. 네년을 멀쩡히 살려오라고."

왜 그랬을까.

가해월은 곧 그 이유를 들을 수 있었다.

"비망록의 오점을 어떻게든 수정하고 싶었겠지. 그 계집년의 스승이라도 잡아와 그 오점을 지우고 싶었던 것 같은데. 이건 뭐, 소 잃고 외양간 고치는 격이야. 허나 걱정은 말거라, 명은 들어야지. 살려만 가면 되니까, 흐흐!"

나직한 흉소에 실린 사악함이란.

가해월의 아미가 찌푸려질 정도였다. 그 눈빛만 봐도 구역질이 절로 나왔다.

"우웩!"

실제로 그 얼굴을 보고 토악질을 했다.

심한 내상 때문이긴 했지만, 혐오스러워하는 눈초리와 일그러진 표정이 말해줬다.

마치 네 얼굴 때문이라는 듯이!

"이 쌍년이!"

사야의 표정이 종잇장처럼 구겨졌다.

강호에 출도한 이래로 이렇게 속을 뒤집어놓는 사람 아니, 계집이 있었을까?

단언컨대, 없었다. 새삼 아주 담천이 대단하다 못해 존경스러웠다.

수하들 앞에서 그런 갖은 오욕을 감수하면서도, 독고월을 영입하기 위해 부단히 애를 쓰지 않았나.

"정말 대단한 분이지. 끌끌!"

사야는 그리 말하며 일어섰다. 설령 그게 목적이 있기에 그렇다고 한들 자신이라면 도저히 흉내 낼 수 없는 인내심이었다. 사야는 주위를 둘러보고는 머리채를 휘어잡았다.

가해월의 발이 땅에 질질 끌렸다.

사야가 음흉한 미소를 지으며 물었다.

"흐흐, 이 사야가 어떤 짓을 할지 말해줄까?"

"잘 서지도 않는 작은 고추로 지랄해대겠지."

"……!"

사야의 발걸음이 우뚝 멈춰 섰다.

가해월이 킬킬거리며 비웃었다.

"본녀가 네놈이 취취 앞에서 했던 짓을 하나부터 열까지 읊어줄까? 아니지, 하나면 돼. 그거 알아? 실은 취취, 고년이 하품할 정도로 졸 뻔한 사실을. 운우지락의 절정을 연기하느라 아예 목이 쉴뻔했다고, 고년이 그러던데. 나중엔 하품을 신음으로 승화시키느라 아주 진이 빠져 죽을뻔했다더라."

"……"

사야는 말문을 잃었다.

가해월은 신랄하게 까댐은 멈추지 않았다.

"솔직히 말해봐. 네가 십이야 중에서 죽은 권야보다 말석이지? 본녀가 천안통으로 봤는데, 무위도 그렇고, 인품도 그렇고, 고추도 그렇고. 네놈이 제일 말석에 있을⋯⋯!"

퍼억!

가해월은 말하다 말고 튕겨져나갔다. 그대로 사야에게 배를 걷어차인 탓이다.

"커헉!"

답답해하는 신음이 가해월의 입에서 터져 나왔다. 숨이 잘 안 쉬어져 꺽꺽거리기까지 했다.

탁.

사야는 땅을 뒹굴며 고통스러워하는 가해월의 앞에 내려섰다.

"엄살 부리는 건 다 안다. 내력은 조금도 섞지 않았으니까. 이 유녀보다 못한 계집년아. 내 절대 네년을 곱게 죽일 생각 따윈 없으니까."

"⋯⋯왜 항명이라도 하시게? 고추는 콩알만 한 게 담력은 제법이네."

가해월이 피묻은 이빨을 드러내 보였다. 명백한 비웃음이었다.

"근데 네놈보다 큰 대물인 광야의 명을 어기고도 괜찮겠어? 쪼그라들지 않겠어?"

사야는 붉으락푸르락해진 얼굴로 두 주먹을 꽉 쥐었다. 손톱에 의해 피가 날 정도였다.

"네년 같은 하찮은 계집 하나 정도 어떻게 돼도 모를 거다. 지금 강호의 전황을 살피느라 여념이 없거든. 이미 허용한 오차를 어떻게든 바로 잡아보려고, 밑에서 불철주야 노력하고 있지."

"그, 그럼 날 살려야지. 안 그럼 네 머리통이 좋아하는 수박처럼 박살 날 텐데?"

"그래, 계집 네 말이 맞다. 어떻게든 살려는 가야지."

사야는 흉측하게 웃었다. 악마의 표정도 이보다는 착해 보일 지경이었다.

훅, 훅!

상체의 옷을 벗어 던진 사야, 어느새 하의까지 모두 벗었다.

가해월이 피식 웃었다.

"사정만큼 벗는 것도 빠르…… 끅!"

목줄기를 잡힌 가해월이 그대로 딸려 올라갔다.

이마에 고랑이 파인 사야는 이미 제정신이 아닐 정도로 분노한 상태다.

"네년을 지금 당장 갈가리 찢어 죽이고 싶지만! 살려오라 했으니 내 살려는 주마. 하지만 네년의 육체는 멀쩡하게 놔두진 않을 것이다."

"……!"

찌익, 찌익!

순식간에 가해월의 옷을 찢어버린 사야의 손이었다.

눈부신 나신 아니, 피멍이 곳곳에 든 육체가 세상 밖으로 나왔다. 젖가리개는 물론 속곳까지 단번에 찢어버린 사야의 손이 그녀의 큼지막한 가슴을 움켜쥐었다.

"흐흐, 늙은 계집이 주안술을 정말 필사적으로 익혔나 보구나. 몸매가 정말 끝내주는데? 쥐쥐, 그년은 아예 비교도 안 되는군."

"네, 네놈도 그래. 여느 사내의 물건과는 비교도 안 되지. 직접 확인해보니 알만해…… 커헉!"

목을 졸린 가해월이었지만, 조롱기 어린 웃음은 여전했다. 내리깔아진 시선의 향방도 사야의 아래쪽이었다.

사야는 감당키 어려운 분노에 하마터면 이대로 가해월의 목을 꺾어버릴 뻔했다.

아직이다.

"그래, 마음껏 비웃어라. 지금부터 이 사야가 네년을 어찌할지 듣고도 언제까지 비웃을 수 있는지 지켜보겠다."

살기 그득한 음성은 무척이나 낮았다.

가해월은 추호도 겁먹지 않았다. 하지만 인상은 일그러트렸다.

이어지는 느물거리는 음성에 담긴 추악함이란.

"지금부터 네년을 겁탈하는 건 당연하고, 네년의 이 더러운 가슴 두 쪽 다 도려낼 것이다. 그것만이 끝이 아니지. 다시는 사내 앞에서 그 낯짝으로 웃지 못하도록 난도질을 할 것이며, 이 먹음직스런 나긋한 팔다리는 모두 잘라내어 들개의 밥으로 던져주마. 사람의 생명력은 생각보다 질겨서 말이다. 모조리 잘려도 응급조치만 잘하면 얼마든지 살더라구. 여기서 끝일 것 같지? 아니다, 난 네년의 천박한 혀를 잘라내어 잘근잘근 씹어 먹어줄 것이다. 아, 그러려면 팔 하나 정도는 있어야겠군. 글은 써야 하니깐 검지와 엄지는 남겨주지. 어때, 무섭지?"

"……."

가해월은 답하지 않았다. 대신 눈물을 왈칵 흘렸다. 우으으, 하는 억눌린 울음소리마저 새어나왔다.

그제야 사야는 매우 만족스러운 미소로 그 모습을 바라봤다.

"흐흐, 이년이 이제야 제정신을……!"

말하던 사야는 이상함을 느꼈다. 가해월이 바라보는 시선이 자신 쪽이 아니어서다. 바로 자신의 뒤쪽이었다.

뭔가 싶어 천천히 고개를 돌리는 사야.

한데 놀랍게도 바로 등 뒤에 웬 청년이 싱긋 웃고 있었다.

기척도 없었다.

낭랑한 목소리에 모골이 송연해졌다.

"네놈이 말한 그대로 해주마. 물론 첫 번째건 빼고 말이지."

"너, 넌…… 커헉!"

사야는 말하다 말고 목줄기를 콱! 붙잡혔다. 그리곤 켁켁! 거리며 청년의 코앞으로 순식간에 당겨졌다.

"어때, 무섭지?"

그 으르렁대는 소리에 사야는 그만 오줌을 지리고 말았다.

청년, 독고월의 검은 눈동자 속에서 타오르는 푸른 귀화를 마주하니 온몸에 힘이 풀린 것이다.

第 3 章

第 3 章.

1

진언을 외울 새도 없이 제압당한 사야는 정말이지 비참한 최후를 당했다.

산채로 팔다리가 잘린 것도 모자라, 혀까지 뽑혔다. 참으로 잔혹한 손속이지만, 가슴을 도려내는 것까진 삼갔다. 귀찮기도 하고, 과다출혈로 쉽게 죽을 수도 있었다.

아우우우!

마침 피 냄새를 맡은 늑대들의 울음소리였다.

독고월에겐 매우 친숙한 놈들이었다. 하얀 이를 드러내며 웃었다.

"이것도 인연이랍시고."

"……!"

팔다리가 잘린 고통에 부들거리던 사야의 눈빛에 간절함이 머물렀다. 제가 당할 최후가 어떤 건지 눈치챈 것이다. 이런 꼴을 당하고도 무언갈 갈망하다니, 만약 혀를 뽑지 않고 놀리게 해줬다면 무인으로써 최후를 맞이하게 해달라는 헛소리를 했을 표정이었다.

아쉽게도 독고월은 그런 마음씨 좋은 청년이 아니었다.

사야가 미친 듯이 고개를 저었다.

손이 막 사야의 단전을 깨부수려는 찰나.

"자, 잠깐만."

가해월이 힘겨운 목소리로 제동을 걸었다.

독고월이 물었다.

"설마 살리자는 건가?"

"보, 본녀가 미쳤어?"

가해월이 피에 젖은 입술로 히죽 웃었다.

그걸 마주한 사야는 왠지 모를 오한을 느꼈다. 저 망할 계집의 눈빛이 너무나도 불길했다.

독고월은 비틀거리며 다가오는 가해월에 한발 물러서줬다.

뭐, 직접 죽이고 싶으면 네 마음대로 하라는 거다.

가해월은 피에 젖은 양손으로 사야의 얼굴을 잡았다.

"……!"

팔다리가 없는 사야는 버둥거리려 했다.

휙휙.

시기적절하게 쏘아낸 독고월의 지풍에 마혈을 제압당한 탓에 생각으로만 그쳐야 했다.

가해월은 힘겹게 입술을 뗐다.

"마, 많이 아쉽겠지. 저승 가 쓸 노잣돈은 챙겨줄게. 후우."

가해월의 의미심장한 말에 사야도 불안했는지 눈알만 굴렸다. 곧 그 두 눈을 더할 나위 없이 부릅떠야 했다. 가해월이 사야에게 입맞춤을 해온 것이다.

"......!"

"......!"

독고월마저 살짝 놀란 듯이 눈을 크게 떴다. 하지만 이내 가해월이 무슨 짓을 하려는지 눈치챘다.

그녀의 입술에서 흡정공(吸精攻)이 운용되고 있었다. 한 줌의 진기만 있어도, 상대의 진기를 남김없이 빨아낼 수 있다는 극악한 사공이었다. 익히기만 한 걸로도 강호의 공적이 되고도 남는.

흐으으으읍!

사야의 내력이 단전에서부터 흘러나와, 목을 타서 그녀의 입술로 향했다. 최종 목적지는 가해월의 단전이었다.

"으으으으!"

사야는 믿을 수 없다는 눈으로 가해월을 바라봤다. 상대의 정체를 어느 정도 눈치챈 듯했다.

가해월의 눈이 요요한 반달을 그렸다.

사야는 입술을 닫고 싶었지만, 제압된 상태라 그러질 못했다. 그 긴 세월을 소중히 모아둔 내공을 이런 극악무도한 마녀에게 뺏기는 건 말도 안 됐다. 차라리 짐승의 밥이 되는 게 나았다.

"후우우읍!"

가해월은 사야의 내기를 아낌없이 쪽쪽 빨아먹었다.

그럴수록 사야의 볼은 홀쭉해지다 못해 광대뼈에 들러붙었고, 가해월의 백짓장처럼 창백했던 혈색은 점점 제 색을 찾아갔다.

심각한 내상을 치유할 정도로 흡정공의 놀라운 회복력이 아닐 수 없었다.

독고월마저 적잖이 감탄했다.

사야의 눈깔이 점점 까뒤집어졌다. 단전에 그 많던 내력도 바닥을 드러내기 시작한 것이다.

이젠 남은 건 생기뿐이었다.

털썩.

마침 사야의 육체가 바닥으로 떨어졌다.

가해월이 흡정공 운용을 멈춘 것이다.

"후우우."

가볍게 한숨을 내쉰 가해월에게선 더이상 부상의 흔적을 찾아볼 수가 없었다. 내상은 물론 외상까지 남김없이 치유한 것이다.

그럴 수밖에 없었다. 흡정공을 운용한 상대가 어중이떠중이가 아닌, 대단한 무인이었다. 완전한 초절정 무인이 아니라고 해도, 그 내공 총량은 초절정 무인 수준이었다.

가해월은 남김없이 빨아들인 어마어마한 내공으로 인해 얼굴이 울긋불긋해졌다. 자신이 수용할 수 있는 한계를 넘어선 덕분이다. 이대로라면 흡수한 내기를 아깝게 도로 토해내야 했다.

담길 그릇이 너무 작았다.

탁, 탁.

그때, 옆에 있던 독고월이 그녀를 안아 들었다. 손을 뻗어 그녀의 가슴과 등쪽에 장심을 댔다.

"목숨 빚이지."

"……!"

나직한 목소리에 가해월은 두 눈을 앙칼지게 떴지만, 그녀도 내심 아쉬웠었다. 이대로 흡수한 진기를 아깝게 밖으로 배출하는 것보다, 제 걸로 만드는 게 여러모로 나았다. 하지만 목숨 빚을 다른 걸로 받으려고 했던 그녀로서는 그리 달갑진 않았다.

독고월은 그 내심을 짐작이라도 했는지 피식거렸다.

"선택해. 세상에 공짜는 없지."

"망할 놈."

선택하고, 말고 할 것도 없었다.

목숨 빚은 그녀도 빚졌으니까.

입술이 한 닷 발 튀어나온 가해월이 고개를 끄덕이는 순간.

독고월은 그녀를 안은 채 신형을 날렸다.

표홀히 사라진 뒷모습을 쫓는 시선이 있었다.

버림받은 사야였다. 놀랍게도 그는 여전히 목숨을 부지하고 있었다. 가해월이 생기를 뽑지 않아서다.

"으, 으어어!"

흡정공에 의해 마혈까지 풀렸는지 사야는 버러지처럼 바닥을 기었다. 그 비참한 몰골을 봐줄 사람은 없었다.

봐줄 짐승들은 있어도.

으르르.

소름끼치는 울림에 사야의 고개가 돌아갔다. 노릿한 냄새도 코를 찔렀다.

어느새 당도한 늑대들이 사야를 보고 있었다.

사야가 팔을 들어 휘저어보지만, 잘린 팔이 제구실을 할리가 없었다. 그제야 닥칠 최후가 그려진 사야의 눈동자엔 절망이 어렸다.

이건 아니었다.

84

상상조차 할 수 없는 이런 최후는 말이 안 됐다.

"으으, 으으으!"

버러지처럼 버르적거린 사야의 모습에 경계하던 늑대들의 노릿한 눈빛이 가늘어졌다.

긴 주둥이에서 토해지던 거친 숨이 멎는 순간!

커허어엉!

새로이 우두머리가 된 늑대가 포효를 내질렀다.

늑대들이 사야를 향해 일제히 내달렸다.

"흐어어어억!"

사야는 목이 찢어져라, 비명을 내질렀다. 여기에 내가 있으니 살려달라는 듯이.

우적, 우적!

하지만 굶주린 늑대들에겐 그저 만찬의 시작을 알리는 소리일 뿐이었다.

2

첨벙.

표홀한 신형이 내려선 곳은 개울가였다.

독고월은 금방이라도 터질 듯이 붉어진 가해월의 얼굴을 바라봤다. 그게 부끄러움 때문이 아니라는 건 가해월도, 독고월도 잘 알았다.

사야의 어마어마한 내공을 아직 제 걸로 소화하지 못한 까닭이다. 거기다 정순함과는 거리가 먼 내공은 쉽게 섞이는 걸 용납하지 않았다.

혼탁한 소용돌이가 내부에서 몰아쳤다. 단전에 생긴 그 폭풍을 다스릴 여력이 가해월에겐 없었다. 흡정공을 운용해 어느 정도 치유된 건 사실이지만, 그 이상은 그녀가 받아들일 수 있는 양이 아니었다.

과유불급(過猶不及).

밖으로 내보내야 함이 마땅했다.

그렇지 않으면 사야의 내력은 가해월의 혈맥을 찢어발기며 주화입마로 이끌 것이다.

가해월도 대충 그걸 짐작하고, 독고월에게 눈빛을 보냈다. 이대로 진기를 밖으로 보내도 괜찮다는 뜻이다.

한데 독고월의 느긋한 시선은 호선을 그리고 있었다.

가해월이 의뭉스러워하다가 들려온 목소리에 앙칼지게 노려봤다.

"빚을 지워야겠지."

"……!"

필사적으로 내력을 다스리느라 여력이 없던 가해월에겐 거부권이 없었다. 솔직히 말해 몸속에서 난리를 치는 사야의 내력이 욕심나지 않는 건 아니다. 오히려 이 내력을 자신의 걸로 만들고 싶었다.

반쪽짜리라도 초절정무인의 내력은 아무 때나 얻을 수 없는 거니까.

정파의 무공을 익힌 무인에겐 사야의 내력은 독이지만, 사파의 무공을 익힌 가해월에겐 영약이나 다름없었다. 그 혼탁함을 억누를 수만 있다면야 전가의 보도가 되고도 남음이다.

우우우우우.

내부에서 몰아치는 소용돌이는 이를 거부했다. 당장에라도 가해월의 단전을 찢어발길 듯이 요동쳐댔다.

담을 그릇이 작아서 벌어진 사달.

가해월의 눈꼬리가 흔들렸다. 애 한 번 나아본 적이 없는 그녀에게 이런 격통은 처음이었다. 큰 똥을 싸지를 때도 못 느껴봤던 것인데.

"흐윽!"

가해월의 신음성이 상황이 긴박함을 알려줬다.

독고월은 손을 뻗어 그녀의 하복부에 대었다. 그리고 웅혼한 진기를 흘려보내 갈 길을 잃고 날뛰는 사야의 내력을 이끌었다.

처음엔 사야의 내력도 미친 듯이 반항했다. 하지만 독고월의 진기는 이를 허락하지 않았다.

제 주인을 닮은 사야의 내력은 금세 옴짝달싹 못했다. 질과 양이 수준 자체가 달랐기 때문이다. 그래서 독고월의 내력에 의해 질질 끌려갔다.

숫제 멱살이라도 붙잡힌 사람 같았다.

제가 한 생각이 우스웠는지 독고월은 희미한 미소를 지었다.

가해월이 떨리는 눈동자로 그걸 바라봤다. 저 망할 놈이 제 하복부를 매만지며 웃는 것이 영 이상했지만, 가해월도 눈치가 없진 않았다.

내가 마음에 든 거지.

독고월이 들으면 코웃음 칠 생각을 아무렇지 않게 한 가해월은 고개를 슬쩍 내렸다. 그렇지 않아도 보기만 해도 황홀해질 자신의 나신이 개울 위에 동동 띄워져 있었다. 사내라면 좋아죽고도 남을 거다.

"……."

독고월은 가해월이 발칙한 생각을 하든 말든 집중하느라 여념이 없었다. 양손 중 하나는 하복부, 나머지 하나는 물속의 둔부 위쪽에 있었다. 금방에라도 깨질 듯한 단전을 보호하기 위한 것이다.

누인 가해월의 나신을 양손으로 잡은 독고월은 사야의 내력을 그녀의 내력과 합치기 위해 부단히 애를 썼다.

워낙 혼탁한 진기들이라 쉽지 않았지만, 독고월의 수준은 과거와 달라졌다.

두 번의 탈태환골은 독고월에게 변화를 주었다.

이젠 절정이니, 초절정이니 이런 구분이 무의미하게 느

껴질 정도였다.

오롯이 홀로 산정상에 서 있는 기분이랄까.

야주 담천도 이런 기분을 느꼈던 걸까 싶다. 굳이 표현하자면 몸을 구속하고 있던 것들이 일제히 풀려 날아갈 것 같다고 할까? 모든 것으로부터 자유로워진 느낌이다.

해서 사야의 진기를 작은 그릇에 가둬두는 게 옳지 않다고 여겼다. 원래대로라면 혈맥을 따라 계속 순환시키며, 모용준경에게 했던 것처럼 생사현관을 뚫기 위해 부단히 애를 썼을 것이다.

하지만 사야의 진기는 혼탁하기 그지없었다. 안개처럼 손에 쥐면 흩어질 정도로 그 점성도 형편없고.

그건 가해월의 진기도 마찬가지였다.

둘의 내력으론 생사현관을 뚫기엔 역부족이었다. 해서 사야도 초절정이란 경지에 완벽하게 이르지 못한 것이다.

그렇다고 방법이 아예 없는 건 아니었다.

독고월의 극음지기가 모용설화에게 효과가 있었던 것처럼, 독고월이 자신의 진기로 직접 뚫어주면 되었다. 하지만 가해월 내부에 몰아치는 혼탁한 진기는 섞이길 거부했다. 또 독고월의 진기가 닿으면 끌려오긴 했지만, 그 힘에 억눌려 사그라지려 한다.

이런 걸로 생사현관을 뚫을 수가 없었다.

진기의 순도가 모용세가의 남매들과 달리 너무 형편없는 까닭이다.

독고월은 잠시 고민에 빠졌다. 이대로 계속 내부에서 순환시킨다고 해도 섞일 것 같지 않았고, 그걸 가해월의 단전이 버텨내 줄지도 의문이었다.

혼탁하다고 해도 그 양은 어마어마했으니까.

"후후."

독고월은 회심의 미소를 지었다. 방법을 찾은 것이다.

단전의 그릇이 작으면 넓히면 됐다. 하지만 넓히기에 그릇이 너무 약하다면, 그 그릇을 바꾸면 된다. 더욱 튼튼하고 질 좋은 커다란 그릇으로.

그게 뭘까.

독고월은 그게 해답이라는 듯이 가해월의 나신을 바라봤다.

"⋯⋯!"

부끄러움을 못 이기고, 상황의 심각성은 뒷전으로 미룬 채, 몸을 배배꼬는 가해월의 모습을 보기 위함이 아니었다.

육신, 그 자체.

바로 이곳에 해답이 있었다.

다른 이가, 하다못해 가해월이 들었다면 말도 안 된다며 손사래를 쳤겠지만, 독고월은 자신이 있었다.

고정관념과 같은 한 가지에 얽매여 재단하기엔 사람이 가진 가능성은 무궁무진했다.

스스슥!

독고월은 가해월의 나신을 쓸어가기 시작했다.

"하악!"

가해월의 놀란 신음성이 들려왔지만, 지금의 독고월의 귀엔 들리지 않았다. 열심히 손을 놀려서 그릇을 만들기 위한 작업을 해갈 뿐이었다.

그 진지하기 짝이 없는 손길의 향연에 가해월은 하마터면 까무러칠 뻔했다.

어머, 어머! 이 사람, 미쳤나 봐?

인체의 혈도란 혈도는 모두 헤집고 다니는 걸, 다른 쪽으로 오해한 가해월은 얼굴을 저녁놀처럼 새빨갛게 물들였다. 하지만 거부할 담력이 그녀에겐 없었다.

그러고 싶지 않다는 게 맞겠지.

"하윽!"

그저 온몸을 주물러 대는 통에 반사적이고 경악 어린 신음성을 내느라 정신이 없었다.

그 달 뜬 신음성이 더해갈수록 하늘 위의 달은 높이 뜨고 있었다.

꽉 찬 달을 보며 물속에서 혼절하길 수차례.

내리깔아진 가해월의 부채 같은 속눈썹이 파르르 떨렸다.

이제 시집 다 간 거지.

3

이틀이 흘렀다.

전신의 세맥으로 내공을 퍼트리는 짓은 결과적으론 성공이었다.

일단은 기존의 그릇이 깨질 염려가 없어진 터라, 시간을 두고 전신 세맥에 안개처럼 퍼져있는 내공을 천천히 흡수하면 됐다.

가해월이 일반적인 무인이 아니었기에 성공할 수 있는 기사였다. 다른 무인이라면 세맥에 잠든 내공을 끌어쓰기도 전에 유실됐을 것이다.

그렇다면 가해월이라고 다르냐는 의문이 드는 건 당연하다.

이에 대한 답은 '다르다' 였다.

흡정공.

가해월이 익힌 극악무도한 마공이 이를 가능케 해준 것이다. 전신의 세맥 깊숙이 잠든 내공을 끌어쓰는 건 물론이고, 그게 유실되지 않도록 흡정공을 지속 적으로 운용하면 되었다.

흡정공을 하루에 두 시진마다 한 번씩 운용해야 하는 귀찮음만 감수하면, 막대한 내공 증진을 누릴 수 있으리라.

독고월은 전신 세맥에 잠든 사야의 내력을 차근차근 흡수하는 가해월을 바라봤다.

은은한 붉은 기가 감도는 얼굴은 이틀 전과 달랐다.

넘치던 둑의 물을 사방으로 물길을 내어 부서짐을 막은 덕분이었다. 거기다 가해월은 사방으로 낸 물길을 다시 끌어다 쓸 수 있는 능력마저 갖췄다.

최고의 선택이 아닐 수가 없었다.

가해월의 홍조 어린 볼만 봐도 독고월의 생각이 맞아떨어졌음을 증명해줬다.

앞으로 반년.

반년을 꾸준히 흡정공을 운용한다면, 가해월은 더이상 단전이 깨질 염려를 하지 않아도 됐다. 물론 그녀가 그 전에 깨달음을 얻어 탈태환골을 한다면 모르겠지만.

독고월이 예상하건대, 그럴 일은 없을듯했다. 이제야 자신과 북리천극과 같은 초절정 무인들의 차이를 알게 된 덕분에 내릴 수 있는 결론이었다.

깨달음을 얻지 않아도, 초절정에 이르는 방법을 이미 알고 있었다. 그리고 그 방법 아닌 편법이 현 강호의 정론이라는 것도.

막대한 내공을 단시일이 아닌, 긴 세월 걸쳐 모아 압축 또, 압축시켜서 단전에 욱여넣다 보면, 그 단전은 조금씩 늘어난다.

지금의 가해월이 하려는 방법도 그것이었다.

단전이 깨지지 않도록 천천히 늘리다 보면, 어느샌가 단전이 내공을 담을 수 있는 총량은 늘어날 것이다. 그게 지난한 과정이긴 하나, 늙어 죽기 전까지 막대한 내공을 모을 수만 있다면, 언젠가는 닿을 수 있는 경지 현 강호의 초절정이었다.

대부분은 그러기도 전에 노환으로 죽었지만, 남들보다 정순한 내공을 빨리 쌓게 하는 경천동지할 심법을 가진 극소수의 무인은 아니었다. 그들은 그 방법으로 노환을 멈추는 데 성공했다.

반로환동이나 탈태환골과 같은 눈이 휘둥그레지는 변화까진 아니더라도, 노화를 늦추는 동시에 사십 대 장한의 모습을 유지할 수 있게 되는 것이다.

해서 독고월은 이번 일로 깨달음을 얻는 방법이 더 나음을 깨달았다.

만년설삼.

본래 절정고수가 되면 영약의 효과가 떨어지는 때가 온다. 더이상 영약으로 내공을 쌓는 게 불가능해지는 것이다.

가령 삼류수준의 무인이 영약이 가진 효과 십중 구를 흡수한다면, 이류수준의 무인은 칠이나 팔 정도고, 일류 무인은 오나 육의 효과를 볼 수 있었다.

그렇다면 절정무인은 어떨까.

이나 삼도 아니고, 그 효과는 일이 될까 말까였다. 이것도 절세의 심법으로 운용했을 때 가능한 이야기다.

당연히 초절정 무인은 말할 것도 없었다. 그렇기에 화신단의 가치가 대단한 것이었다. 양강지기를 순도 높은 극양지기로 바꿔주며 이룬 일시적인 내력증진 효과에다 부작용도 거의 없었다.

말 그대로 전가의 보도였다.

어찌 됐든!

만년설삼과 같은 영약은 엄청나게 비싼 가격과 찾는 노력대비, 고수가 될수록 효과가 떨어진단 소리다.

한데 독고월에겐 그렇지 않았다.

만년설삼으로 얻을 효과를 전부 흡수하는 건 물론, 그 이상의 내공 증진을 보였다. 거기다 탈태환골을 또 한 번 하기까지 했다.

약관에 이른 젊음까지 줬으니, 단전 또한 더 크고 튼튼한 새 그릇이 되어야 함이 마땅하지 않을까.

그렇기에 전설의 경지라고 부르는 거겠다.

하면 야주 담천은 어떨까. 그의 엄청난 무위를 생각하면 그 또한 독고월처럼 탈태환골을 한 게 아닐까?

독고월은 확인할 길이 없지만, 이런 방법으로 경지에 오른 건 자신만이 아닐 거라 여겼다.

아, 한 사람 더 있겠다.

바로 모용준경.

독고월 덕분에 초절정의 벽을 뚫고, 새 부대를 얻은 기린아.

그로 인해 우격다짐으로 내공 쌓기가 주를 이루던 강호의 풍조가 바뀔 것이다. 우리네의 삶을 통해, 또는 지난한 협객행을 통해 얻은 귀한 깨달음이 진정한 무로 가는 지름길이란 걸 알게 된다면.

이 강호가 조금은 변하지 않을까.

독고월은 깨달음을 추구하던 정종무공이 현 무림세가들의 득세로 변질한 것처럼, 다시 과거처럼 돌아가는 건 시간문제라고 여겼다.

그 출발점은 모용준경이 되어줄 것이다.

"난 놈이니 알아서 하겠지."

홀로 중얼거리던 독고월이 하늘을 올려다봤다. 한참을 그러고 있다 비수를 손아귀에 쥐었다. 내공을 불어넣었다. 하지만 빛을 잃은 비수에선 어떤 변화도 없었다.

비수는 독고월이 죽었던 날 이후로 잠잠했다. 몇 번을 불러내려고 해봐도 응답이 오지 않았다.

어째서일까.

독고월은 한숨만 내쉬었다.

부스스.

어느새 운공을 마친 가해월이 몸을 일으켰다. 탈태환골을 하지 않았다고 해도, 과거엔 삼십 대 중후반으로 보였던 외모가 이젠 좀 더 젊어 보였다. 주안술의 성취도가 더욱 깊어져, 외모가 슬슬 빛을 발하는 중이었다.

또 술과 아편에 찌든 노폐물들을 앞서 개울가에서 독고월이 배출시킨 덕분이다. 아마도 사야의 내공을 모두 제 걸로 만들면, 방년의 처녀라고 해도 믿을 정도로 젊어질 게 분명했다.

때마침 바람이 불었다.

휘이잉.

독고월이 대충 던져준 의복이 몸에 맞지 않아 바람에 펄럭였다.

그 덕분에 보인 가해월의 뽀얀 속살.

정말 웃기게도, 정말 가당치 않게도.

가해월이 부끄러운 얼굴로 얼른 옷깃을 여민다.

"어머나!"

거기다 요조숙녀나 낼법한 교성과 함께.

독고월은 별 해괴한 걸 본다는 표정을 해 보였다. 평소의 그녀답지 않은 태도를 짚어줄까 했지만, 참았다. 하지만 거기서 끝이 아니었다.

가해월이 물끄러미 올려다보며 한 말은 더 가관이었다.

목소리마저 간드러지고.

"······상공."

"뭐?"

독고월로서는 인상을 그을 수밖에 없었다.

가해월이 수줍게 용기 내어 다시 한 번 불러 젖혔다.

"상공~"

"······."

독고월은 손을 뻗어 가해월의 이마에 대었다.

이게 미쳤나 싶은 거지.

하지만 가해월은 연신 몸을 배배 꼬아댔다.

"상고오옹."

코맹맹이 소리까지 내면서 말이지.

第 **4** 章.

第 **4** 章.

1

화전민촌은 축제 분위기였다. 다시는 깨어나지 않을 것 만 같았던 독고월이 자리를 박차고 일어나서다.

이틀 새 도로 사라져 걱정을 많이 했던 곽씨는 독고월을 보자마자 눈물을 펑펑 쏟았다. 이미 가해월로부터 언질을 받았기에 잠자코 있었지만, 처녀가 전한 흉흉한 괴인이 찾 아왔다는 말에 못내 불안했나 보다.

"무사히 돌아오셔서 정말 다행이어요, 무시무시한 사람 이 이곳에 왔다는 말에 어찌나 가슴 졸였는지, 흐흑!"

"……."

독고월은 감격해 하는 곽씨에게 이상함을 느꼈다.

친인척도 아닌 자신이 깨어난 게 왜 좋을까.

대놓고 물어보고 싶은 마음은 없었다. 그저 낯뜨거운 말을 못하게 쏘아볼 뿐이다.

곽씨는 그래도 뭐가 좋은지 연신 웃으며 안고 있는 아이를 건넸다.

내 아이도 아닌데 왜 자꾸 건네는지!

독고월은 열불이 나서 소리치고 싶었지만, 이미 안겨진 아이에 망부석처럼 굳었다.

"까르르."

뭐가 좋다고 방긋방긋 웃으며 작은 단풍잎 같은 손을 뻗어온다.

독고월은 흠칫 놀랐지만, 결국 제 뺨을 허용하고 말았다.

스슥.

까칠한 수염이 없는데도 아기는 독고월의 뺨을 연신 쓰다듬으며 좋아했다.

독고월은 또다시 차오르는 묘한 감정을 느꼈다.

초난희에게 말했다시피 이 아이를 본 순간, 독고월의 심경에 변화가 생긴지 오래였다.

내가 왜 그랬을까.

아직도 머릿속에 든 의문이었다. 그들과의 일전을 피할 수 없었다지만, 이미 죽은 초난희에 왜 그리 집착했던 걸까.

가해월은 그런 독고월의 내심을 짐작이라도 한다는 듯이 살포시 웃으며 다가왔다.

"아기를 좋아하는군요. 상공, 그럼 우리도……!"

딱!

소리 나게 이마에 지풍을 얻어맞은 가해월은 그대로 혼절했다.

듣고 싶지도 않은 헛소리를 참아줄 독고월이 아니었다. 그녀가 예전보다 수준이 높아졌다고 해도, 독고월에 비할 바가 아니었다.

모두가 경악 어린 눈초리로 혼절한 가해월을 바라봤다.

아기를 곽씨에게 넘긴 독고월이 그들에게 말했다.

"퍼질러 자든 말든 놔두고, 다들 돌아가도록."

예전처럼 여전히 차가운 그였지만, 화전민촌의 사람들은 글썽거리는 눈으로 독고월을 하염없이 바라볼 뿐이었다.

대체 왜 이래들!

"쯥!"

독고월이 한껏 인상을 그어서야 어쩔 수 없이 돌아들 갔다. 그러면서 연신 뒤를 돌아봤다. 모옥 밖으로 나가서도 똑같이 굴었다.

문득 독고월은 피곤함을 느꼈다.

"후우."

저들이 어떤 심정으로 보는지 어렴풋이 알 것 같았으나, 그렇다고 죽어 나자빠진 남궁일처럼 저들을 보듬어줄 수는 없었다.

독고월은 문쪽을 보다 말고 고개를 돌렸다.

부스스.

정신을 차린 가해월이 침상 위로 슬그머니 기어 올라가고 있었다. 그러고는 침상 위의 이불 속에서 고개를 빠끔히 내밀며 지껄여댔다.

"상공, 밤도 늦었는데……"

가해월은 황급히 입을 가렸다.

말이 끝나기 무섭게 독고월이 지풍을 날리려는 움직임을 보였다.

"한 마디만 더하면 태어난 걸 후회하게 해줄 정도로 욕해주지."

"절 욕보인다구요?"

가해월이 반달이 된 눈으로 장난을 걸어왔다.

당연히 독고월은 받아주지 않았다.

"말장난할 정신이 있으면 네 제자인 초난희의 문제부터 해결해."

"흐흥."

그러며 뾰로통하게 내민 주둥이.

그걸 꿰매버리고 싶은 충동이 일은 독고월이었지만, 지

금 입장에서 가해월의 역할은 매우 중요했다. 제멋대로 상공이라고 부르는 정신 나간 계집을 어찌하지 못하는 이유도 그 때문이었다.

"상공이 원하는 게 뭔데요?"

"……."

아, 정말 적응 안 된다.

독고월의 불편해하는 시선에도 가해월은 조금도 개의치 않았다.

"적당히 하지?"

"왜요? 상공이 상공이라서, 상공이라고 부르는 데, 무슨 문제 있나요, 상공~"

"그놈의 상공이 문제지! 그리고 그 짜증 나는 말투는 더 큰 문제고!"

독고월이 드물게 팔까지 떨었다. 오한이 들다 못해 소름이 돋을 정도였다.

가해월은 팔의 닭살을 보고도 콧방귀만 뀌었다.

"그렇게 소름이 돋을 정도로 싫다면 말투는 바꿔줄 수 있지만, 상공이란 호칭은 안 돼. 이건 본녀의 자존심 문제야. 상공이 왈가왈부할 순 없다고."

"……."

그나마 다행이었기에 참아줄 수 있지만, 독고월은 정말이지 저 호칭을 떼버리고 싶었다.

이어진 가해월의 첨언은 가관이다.

"본녀를 그렇게 떡 주무르듯이 농락한 사내는 상공이 처음이니까."

배시시 웃는 얼굴에 띄운 부끄러움이라니.

독고월은 '아이구, 두야.' 라는 듯이 손으로 이마를 짚었다.

가해월은 재잘거리며 이불을 살짝 들췄다. 의복은 또 언제 벗어 던졌는지, 육감적인 나신이 제 존재감을 과시하고 있었다.

"이미 볼 거 다 본 사이인데다, 서로의 몸까지 주물럭거렸으면 끝이지. 그러니깐 잘까?"

그때 독고월이 했던 도발적인 말을 가해월이 그대로 따라 했다.

"역시 죽게 내버려뒀어야 했지."

"그러게. 왜 그랬어? 그냥 사야란 놈에게 개처럼 능욕당하다가 죽게 내버려두지. 왜 본녀를 살린 거야?"

가해월은 한 술 더 뜨며 물어왔다.

독고월은 답할 말을 찾지 못했다. 가해월을 향한 감정은 분명 있었다. 하지만 그건 고마움이란 감정이지, 그녀가 상공이라고 말할 정도의 이유 같은 건 아니었다.

그런 감정을 가지는 게 미친놈이지.

독고월이 진지하기 짝이 없는 시선으로 가해월을 바라

보았다.

두근, 두근.

콩닥거리는 그 방정맞은 심장 소리의 주인은 당연히 가해월이겠다.

독고월이 혀를 찼다.

"자발 맞은 소리 하고는."

"이렇게 만든 게 누군데?"

기어들어가는 그녀의 목소리에 독고월은 확실히 짚고 넘어가 주기로 했다.

"가해월."

"……!"

나직한 목소리로 처음 듣는 호칭에 가슴이 두방망이질 쳤다. '너나 야! 저리 가, 꺼져!' 따위가 아닌 부드럽게 '가해월'이라니, 순식간에 얼굴이 달아올랐다.

팔락, 팔락.

가해월은 이불 위로 꺼낸 손바닥으로 얼굴을 부쳐댔다.

"갑자기 왜 진지하게 부르고 그런데? 사람 민망하게 시리. 어휴, 남사스러워서."

아니 그 남사스럽다는 여인이 침상으로 올라가 옷 벗고 잘까 그래?

콱! 쏘아붙이고 싶은 독고월은 주먹을 꽉 쥐는 걸로 겨우 참아냈다.

"자, 두말하지 말고 어서 와."

그러면서 이불까지 젖히는데.

독고월은 하마터면 쌍장을 날릴 뻔했다.

새 바지에 똥 싸는 소리나 해대는 가해월을 두고 보다가
는 울화가 치밀어 죽을 것 같았다.

스르륵.

세상을 박차고 나온 이래로 가장 큰 인내심을 발휘한 독
고월이 손을 뻗어 이불을 도로 덮어줬다.

그리고 물끄러미 올려다보는 가해월을 향해 말해줬다.

"이 정도까지만 하지."

"왜?"

순진무구한 표정을 지었다.

독고월은 저 표정 뒤에 숨은 표정을 알 것 같았다. 이불
을 꽉 쥔 손이 미미하게 떨렸다. 뭔가 말하려던 독고월은
입을 닫았다.

지금 그녀에게 본심을 고백하면, 어떤 의미로든 좋지 않
았다. 다른 이에게 준 상처를 신경 쓰는 성격은 아닌데, 가
해월이 자신을 살리기 위해 어떤 노력을 했는지 보지 않아
도 훤했다.

죽다 살아났다.

그녀가 생색내지 않아도 충분히 알만하잖은가. 거기다 사야에게서 화전민촌 사람들과 자신을 도피시키기 위해 그녀 스스로 희생한 사실도 알고.

독고월은 생전 처음으로 입술을 떼지 못했다.

보기 드문 광경이었다. 눈치 백 단인 그녀는 사내의 표정만 봐도 무슨 말을 할지 알고 있었다. 감정적인 반응은 금방 터져 나왔다.

"그래서 모용설화 그 계집은 되고, 본녀는 안 된다? 왜 본녀의 과거가 더러워서 그래?"

"뭐?"

"그런 거잖아. 본녀가 상공이라고 하는 건, 그래 장난이라고 쳐. 하지만 이렇게까지 거절할 필욘 없잖아?"

"……."

"정말 아무렇지도 않아? 본녀를 보고도 아무렇지도 않느냐고. 여인이 이렇게까지 용기를 내는 게 어디 쉬운 일인 줄 알아? 누굴 정말 사내랑 못 자봐서 안날 난 여인으로 보는 거야? 본녀도 자존심이 있다고!"

소리친 가해월의 눈가엔 눈물이 주렁주렁 매달렸다. 독고월의 표정이 여전히 무미건조해서다. 사실 그녀도 잘 알고 있었다. 그는 가해월의 과거를 조금도 신경 쓰지 않았다. 아예 관심조차 두지 않았다.

109

그 말인 즉 슨.

독고월은 가해월을 조금도 여인으로 보지 않는다는 소리였다.

"미안하군."

"……!"

가해월은 머리털 난 이래로 이렇게 머리카락이 주뼛 선 사과를 들은 적이 있을까 싶었다.

독고월은 고개를 한차례 끄덕였다.

"사내인 이상 여인의 나신을 보고도 아무렇지 않은 건 아니지. 하지만 솔직히 말해서 조금 두렵군."

"뭐, 뭐?"

느닷없는 고백해 가해월은 말까지 더듬었다.

정말이지 충격의 연속이다.

독고월은 손을 뻗어 가해월의 뺨을 잡았다.

"네겐 갚지 못할 빚을 졌지. 제 진원지기를 훼손하면서까지 살리려 할 줄은 꿈에도 몰랐고."

"그, 그러니 이자에 이자까지 쳐서 갚으라고."

왠지 말 못하게 부끄러운 기분이 들어 목소리는 기어들어갔다. 물론 이자까지 갚으라고 한 말은 진심이 아니었다. 그저 뭐라도 말해야겠다 싶은 것이다.

독고월은 단번에 핵심을 찔러왔다.

"내가 한 실수는 한 번으로 족해. 그러니 네가 이해해.

마음에도 없는 사람과 통정을 하는 건 여러모로 좋지 않지."

"……."

실수라면 모용설화와의 일을 말하는 것이다.

"솔직히 널 안아주는 건 어렵지 않다. 하지만 난 그러지 않길 바라. 네 말대로 넌 자존심이 무척 강한 여인이니까. 그리고 상공이라고 부르는 것도 듣기 거북하지만, 그걸로 네가 보상심리를 얻는다면 말리진 않겠다."

오늘은 보기 드물게 말을 많이 하는 독고월이었다.

가해월은 침묵을 택했다.

독고월도 별 말하지 않고 뺨에서 손을 뗐다. 그리고는 신형을 돌렸다.

덥석.

가해월이 날 듯이 달려와 독고월의 등을 안았다. 그리고 물기가 배인 목소리가 들렸다.

"안아줘."

"……."

독고월의 안색은 딱딱하게 굳었다.

괴괴한 침묵이 둘 사이에 맴돌았다. 둘밖에 없는 적막한 내실이라 그런지 숨소리가 무척 크게 들렸다.

가해월이 안았던 제 손을 풀어냈다. 배시시 웃는 얼굴을 해보였다.

"농이야, 농. 쫄긴!"

"……."

"발칙한 네놈이 그랬던 것처럼 그냥 해본 소리였어. 어
디 본녀같이 희대의 사악한 마녀가 한 사내에게 순정을 바
친다는 게 가당키나 해? 말도 안 되지."

가해월은 침상 위에 털썩 주저앉았다. 신세 한탄할 생각
은 없었는데, 자꾸 맥없는 말만 하게 된다.

"어휴, 잘난 사내들은 어떻게 하나같이 제 짝들이 있는
지 말이야. 모용준경 고놈도 그렇고, 네놈도 그렇고."

무슨 말이냐는 듯이 바라보는 독고월의 시선에 가해월
은 히죽 웃었다.

"망할 제자년에게 마음 있는 거잖아. 그러니깐 그렇게
기를 쓰고 보호하려고 했던 거겠지. 딱 보니 견적 나오던
데 뭘. 터럭 하나 안 다치게 하려고 대신 맞은 공격도 봤고
말이야. 나 참, 살다 살다 제자년을 마음에 둔 사내를 좋아
하게 될 줄은 꿈에도 몰랐네."

"……."

독고월은 말없이 바라봤다.

가해월은 침상 위에 몸을 눕혔다. 이불을 끌어다 머리끝
까지 뒤집어썼다.

"천안통으로 봤다구. 네놈이 그렇게 기를 써가면서 보
호하려던 모습을 말이야. 정말이지 억장이 무너지는 줄 알

았다고, 참나! 연적이 모용설화 고 계집앤 줄 알았는데, 설마 제자년일 줄이야. 본녀……!"

덜컹.

문이 열리는 소리에 가해월의 억장이 무너졌다. 일언반구도 하지 않고 나가는 모습이 이렇게 말해주는 듯했다.

네 추측이 맞다고.

"망할 년, 스승을 물 먹이는 거 하루 이틀도 아니라지만. 거저 준다는 사내를 줬다 뺏어갈 줄은 몰랐네."

흔들리는 목소리를 끝으로.

달칵.

문이 냉랭히 닫혔다.

돌아오는 말은 물론 숨소리나 기척도 없었다.

가해월은 윗니로 아랫입술을 깨물었다. 나이 들어 찾아온 춘풍에 설레던 것도 잠시였다. 그간 겨드랑이 땀내나게 익힌 주안술과 고강해진 내공으로 더욱 젊어질 육체가 원망스럽기까지 했다.

나잇값도 못하고 말이지.

"우, 우윽."

가해월의 눈에서 영롱한 물방울이 떨어져 내렸다. 참으로 비참한 기분이었다. 제 모습이 그렇게 초라해 보일 수가 없었다.

"우으으."

가해월은 터져 나오려는 오열을 어떻게든 막았지만, 억눌린 신음성은 막질 못했다.

농이 아니었다.

냉대를 받는 것도 모진 말로 그렇게 무시를 당해도 괜찮았다. 가진 의술로 그를 살렸고, 다시는 회복하지 못할 진원지기를 아낌없이 퍼부었다. 물론 이깟 짓 걸로 생색내려는 건 아니었다.

그가 아니었다면 사야에게 온갖 짓을 당한 뒤에 비참하게 살았을 테니까.

또 그것만이 아니다.

그가 아니었다면 욕심을 부려 취한 사야의 내공에 단전은 물론, 심맥까지 터져 죽었을 거다.

아니, 이런저런 걸 다 떠나서 그냥 아주 간단한 이유였다.

자신은 독고월이란 사내에게 반했다. 그래서 죽어가던 그를 살린 거다. 그래서 제자년을 보호하던 그 모습이 그렇게 부러울 수가 없었다.

가해월은 물기 젖은 목소리로 작게 중얼거렸다.

"왜 싹수가 없는 놈을 진심으로 생각하게 돼서. 본녀도 미쳤지, 이건 미친 거야."

뒤집어쓴 이불을 내리며 옆으로 몸을 뉜 가해월의 두 눈이 점점 커졌다.

나간 줄 알았던 독고월이 문 어귀에서 팔짱을 끼고 서 있었다.

곧 그의 입꼬리 한쪽이 올려졌다. 평소와 달리 조소가 아닌 실소였다.

"그래, 미쳐도 단단히 미친 거지."

2

초난희의 시신을 바라보는 두 쌍의 눈.

독고월과 가해월이었다.

물론 가해월이 다시금 아쉬운 눈초리로 독고월을 뚫어지게 바라보는 중이다.

주욱.

독고월은 손을 뻗어 가해월의 머리를 잡아 돌렸다. 초난희의 시신 쪽으로 말이다.

가해월이 불만을 터트렸다.

"아니, 굳이 내실에 남았으면 안아줘야지! 입맞춤이 웬 말이냐고! 지금 본녀를 가지고 노는 거야? 막 밀고 당겨서 몸살 나게 하고, 뭐 그런 거냐고!"

"입 닫지. 지금 그마저도 후회하는 중이니까."

독고월의 검미가 찌푸려진 게 진심으로 하는 말처럼 보였다.

가해월이 앙칼지게 노려봤다.

"세 살 먹은 어린애도 아니고, 본녀가 그 정도로 만족할 수 있을 것 같아? 최소한 운우지락은 나누자고!"

"그게 제자의 시신을 앞에 두고 할 소린가?"

"흥! 그럼 입 다물게 해주던지, 언제든지 도로 벗을 용의가 있어."

"시끄럽고, 어째서 초난희의 시신이 썩지 않은 건지 설명이나 해봐. 천안통인가 뭔가 하는 걸로 말이야."

독고월은 이해가 되지 않는 눈초리로 초난희의 시신을 내려다봤다.

사실이 그랬다.

초난희의 시신은 일 년을 훌쩍 넘긴 상태였다. 그렇다면 최소한 백골화가 진행되고 있어야 했다.

밀랍 된 상태도 아니고.

초난희의 시신은 생전 모습을 그대로 유지하고 있었다. 마치 혼자만 시간이 정지해있는 것처럼 보였다.

"그리고."

파악.

독고월은 말을 하며 초난희가 입은 의복의 가슴 부위를 풀어헤쳤다.

"어머! 미쳤어, 미쳤어!"

가해월이 서둘러 초난희의 한껏 도드라진 젖가슴을 양

손으로 가려줬다.

물론 독고월에겐 가해월의 호들갑이 중요치 않았다. 침잠이 가라앉은 눈이 향한 곳은 복부에 있었다. 아랫배에 박도가 박혀있었다면, 그 깊은 상처가 있어야 했는데.

"너무 깨끗하지."

산적들이 쏘아 보낸 화살들이 초난희를 향해 날아가는 장면까지 봤다. 그렇다면 그 상흔들이 육신 곳곳에 있어야 하는데, 초난희의 육신은 너무나도 깨끗했다.

가해월은 그 이유를 어렵지 않게 풀이해줬다.

"아마도 상공이 봤을 장면은 본녀가 가르쳐준 환술일 거야. 본녀 정도는 아니…… 솔직히 말해. 청출어람이라고 할 정도로 고년의 환술은 대단해. 스승마저 농락한 운무만 봐도 알만하잖아?"

"그럼."

가해월의 눈빛이 깊이 가라앉았다. 어렵게 입술을 떼며 독고월을 바라봤다.

"그래, 제자 년은 스스로 목숨을 끊은 거지. 귀령수의 완성을 위해서 말이야. 초난희의 신령이 필요했거든. 왜 야금술 중에도 처녀의 육신을 녹이면 천하에 다시 없을 명검을 만들 쇠를 뽑아낼 수도 있다잖아? 미신이라곤 하지만, 참나 본녀 입으로 미신이라는 말을 하다니, 어처구니가 없네."

"……"

말하면서 가해월은 독고월의 표정을 살폈지만, 별다른 변화는 없었다. 마치 어느 정도 예상한 듯한 얼굴이었다.

"그럼 산적들은 물론 허씨, 그리고 나까지 속인 거군."

"그래, 북리천극과 그 수많은 군웅마저 속인 본녀의 환술이야. 물론 상공이 워낙 활약을 잘해준 덕분이지만, 무공도 제대로 못 익힌 산적이나 화전민촌 사람들쯤이야 우습지."

"대단하군."

비아냥거림이 아니었다. 독고월은 순순히 인정했다.

이 환술 덕분에 목숨을 보전하고, 북리천극의 뒤통수를 칠 계획을 세울 수가 있었으니까.

무공만 놓고 본다면, 가해월이나 초난희는 그저 그랬다. 하지만 무공 외의 능력을 놓고 본다면 천외천(天外天)이라는 말이 절로 떠올랐다.

강호에 모래알처럼 많은 기인이사가 있다지만, 눈앞에 두 사제는 정말이지 대단했다.

주섬주섬.

가해월은 초난희의 풀어 헤쳐진 상의를 도로 여몄다.

독고월이 팔짱을 끼며 물었다.

"그럼 다시 처음으로 돌아와서, 초난희의 시신은 어째서 썩지 않는 거지? 일 년 전에 죽었다면 이미 백골화가 진

118

행되고도 남음인데."

혹시라도 있을 가능성을 물은 것이다.

가해월은 쉬이 대답하지 못했다. 그녀가 모르는 게 있어
서가 아니었다. 이 말을 해줬을시 독고월이 어찌 나올지를
몰라서다.

독고월은 잠자코 기다렸다. 적어도 이 기이한 일에 대해
가해월이 모를 리가 없다고 여기는 중이었다. 그저 조용히
가해월의 등을 향해 시선을 줬다.

가해월은 그 무언의 압박을 느꼈다. 거짓을 말하기엔 그
는 너무 똑똑하고, 눈치가 빨랐다. 아마 어느 정도 눈치채
고 있는 듯한 느낌이 들었다.

대답을 주저하자, 독고월은 제가 한 예상을 말해줬다.

"유체이탈(流體離脫)과 같은 걸로 봐야 되나?"

역시나 독고월은 정곡을 찔러왔다.

가해월은 소스라치게 놀라는 대신 담담하게 몸을 돌렸
다.

"그래. 완벽히 죽은 것처럼 보이지만, 제자년은 가사(假
死)상태나 다름이 없어."

"……!"

"혼백이 없는 인형 같은 거지. 그리고 알다시피 신령이
깃든 혼백은 귀령수에 녹아드는 것도 모자라, 마지막 남은
혼백마저 땅에 같이 묻힌 상공을 지키기 위해 소진됐지."

"뭐라고?"

처음으로 본 독고월의 얼굴은 큰 충격에 넋이 나간 사람처럼 눈빛마저 흔들리고 있었다.

가해월은 초난희의 단전을 손으로 짚었다. 눈은 이미 백안이 됐다. 천안통으로 살피는 것이다.

"그간 모아놓은 내공을 양분 삼아 육신을 유지하는 상고의 술법이지. 일 년이면 많이 버텼지. 아마도 마지막으로 남은 내공이 사라지면, 제자년의 육신은 먼지처럼 사라질 거야. 넉넉잡고 한두 달? 그게 한계야."

"……."

독고월은 말없이 비수를 꺼내 들었다.

가해월이 반사적으로 그걸 건네받았다. 남들이 볼 수 없는 것을 보는 천안통이었다.

"……이건 월혼(月魂)이라는 영물(靈物)로 혼령이 깃들수가 있는 물건이지. 아마도 초난희의 남은 혼백이 여기에 있었겠지?"

독고월은 조용히 고개를 끄덕였다.

가해월은 눈에서 눈물을 흘렸다.

"그래, 월혼과 계약을 맺은 소유주만이 이걸 통해 대화를 나눌 수가 있어. 그래서 본녀의 천안통으로도 눈치채지 못한 거고."

"……그럼 초난희가 천안통을 가린다는 방법이 이 월혼이란 것 때문이었나?"

"맞아, 월혼에 인식방해 술법이 새겨져 있거든. 아마도 제자년이 준비한 거겠지. 그리고 말이 나와서 말인데, 네놈이 그놈들에게 죽으러 갈 때도 본녀는 천안통으로 네놈을 살필 수가 있었어."

"그럼 초난희가 내게 거짓말을 한 거군."

"그래, 천안통으로 찾지 못하는 건 고 망할 제자년이 인식방해 술법을 새긴 월혼뿐이야. 그리고 본녀는 이제야 이 월혼을 볼 수 있는 거고."

가해월은 젖은 눈으로 월혼을 바라보다 품으로 안아 들었다. 신줏단지 모시듯이 무척이나 경건한 태도로 진언을 읊었다.

쓸쓸한 추도시였다.

진언을 마친 가해월, 당시 독고월의 품에서 빛이 사라져 가던 모습을 떠올리고는 펑펑 울어댔다.

털썩.

독고월은 시신이 놓인 침상에 걸터앉았다. 그리고 생기가 없는 초난희의 시신을 바라보았다. 가해월의 울먹이는 목소리가 들려왔다.

"고년은 죽어가는 널 보호하기 위해 마지막 남은 혼백이 소멸당할 걸 각오하고 보호했어."

"그렇다면 이 껍데기에 불과한 육신을 돌려받기 위해 집착한 내 잘못이군. 괜한 짓을 한 거였고."

독고월은 씁쓸히 읊조리며 초난희의 머리칼을 쓸었다.

덥석.

가해월이 독고월의 등을 안았다.

"아냐, 그렇지 않아. 빠져나갈 수 없는 함정을 이미 준비한 놈들이야. 네놈이 마신 술에 고독이 담겨 있어서 도망은 애초에 불가능……."

독고월이 거친 목소리로 막았다.

"아니! 차라리 놈들과 담판짓지 않았다면, 놈들과 한편이 되어 잘 구슬려서 육신을 돌려받았다면! 해서 귀령수를 통해 초난희의 육신과 혼백을 합일시켰다면……."

"그럴 가능성은 현저히 낮을뿐더러, 설령 상공처럼 살아난다 해도! 놈들에게 죽을 때까지 이용당하겠지. 그리고 상공, 네가 그걸 두고 볼 것도 아니고!"

가해월이 애써 변호해줬다.

하지만 독고월은 가슴 속을 묵직하게 만드는 감정은 사그라지지 않음을 느꼈다.

이런 게 죄책감이라는 건가.

"하하."

폐부 깊은 곳에서 나올 법한 낮은 웃음을 흘린 독고월이었다.

가해월은 독고월을 더욱 강하게 안았다. 바보가 아닌 이상 그가 어떤 감정을 느끼는지 잘 알고 있었다. 붉어진 눈시울로 연신 말해줬다.

"그런 감정 갖지 마, 너 때문이 아니야."

"처음부터 내가 문제였지."

"아니라잖아!"

"맞아. 내가 처음부터 존재하지 않았다면…….."

짝.

가해월이 제 손으로 제 뺨을 때렸다.

독고월은 자해하는 가해월의 모습에 의문스런 시선을 보냈다.

짝.

또다시 제 뺨을 때리는 가해월이었다. 뺨이 벌겋게 달아올랐다.

덥석.

제 뺨을 재차 때리려는 가해월의 손을 독고월이 잡았다.

가해월이 완강하게 저항했다.

"놔! 고년을 놈들에게서 빼내지 못하고, 비망록이 완성되는 걸 보고 있던 본녀 탓이야. 그러니깐 본녀는 맞아 죽어도 싸. 이거 놓으라고!"

"말도 안 되는 소리."

독고월의 싸늘한 말에 가해월이 눈물 젖은 눈으로 바라봤다.

"그래, 말도 안 되는 소리잖아. 그러니까 네 탓이라고 생각하지 말라고. 왜 고년처럼 모든 걸 짊어지려 하냐고."

"……"

독고월은 정곡을 찔린 사람처럼 가만히 있었다.

"그놈들을 찾아갈 거잖아. 가서 죽을 거잖아!"

"난 강해."

"놈들 뒤엔 황궁이 있다고!"

"……"

독고월은 입을 다물었다. 어이없어서가 아니었다. 어느 정도 눈치채고는 있는 사실이어서다.

오래전부터 황법 위에서 날뛰는 강호인들을 고깝게 보던 황궁이다. 그간 서로의 존재를 묵인하며 상호불가침의 영역을 인정해줬지만, 이제는 아니었다.

"야주 담천 아니, 흑야는 현 황제가 황세자에게 온전한 천하를 물려주기 위한 일환으로, 강호를 아예 멸절시키기 위해 작심하고 키워낸 무시무시한 세력이야. 위대한 업적을 남긴 영왕(寧王)이 되려는 황제를 무슨 수로 막으려고?"

"……"

"그간 눈엣가시였던 강호인들을 일거에 쓸어버리려는 황궁의 어마어마한 힘을 상공이 무슨 수로 감당할 거냐고!"

들을 것도 없었다.

황궁이 작정하고 나서면, 강호는 그야말로 쑥대밭이 될 거다.

오래전에 봉문한 구파일방은 그 겁화를 피해 갈 수 있을지 몰라도, 현 강호를 삼분하고 있는 무림맹과 마교, 흑도맹이 힘 빠진 상태라면, 거대한 황궁의 힘에 쓸려나갈 것은 자명한 사실이다.

"……목숨은 하나지."

"뭐?"

느닷없는 독고월의 말에 가해월은 괴상망측한 표정을 해 보였다.

"오히려 덕분에 머릿속이 맑아졌어."

"야, 상공!"

소리친 가해월이 기겁했다. 독고월이 어떤 마음으로 저런 헛소리를 지껄이는지 알만해서다.

"정말 미치지는 않고서 그럼 안되는 거야. 잘 생각해봐. 차라리 제자년이 생각했던 것처럼 강호를 하나로 규합해서 흑야를 막아낸다면 황궁은……."

"백만대군을 보내겠지."

"……!"

가해월은 이죽거리는 독고월의 말에 반박할 수가 없었다. 목구멍 끝까지 그렇지 않을 거란 호언장담이 나와야 하는데, 우습게도 그녀의 결론도 독고월과 일치했다. 그걸 부정하기 위해 가해월은 입을 뗐다.

"만에 하나라는 가능성을 생각해봐야……."

하지만 내뱉은 말엔 힘이 실리지 않았다. 갈수록 기어들어갔다.

오히려 독고월의 눈빛에 이지를 번뜩이게 했다.

"만에 하나? 이미 작정하고 흑야를 키워낸 황제야. 백년대계까지는 아니더라도, 십년대계 그 이상은 될 거라고. 한데 그런 계획을 물리치고, 어디 한 번 해보라는 듯이 힘을 합치는 강호인들을 황제가 그냥 두고 볼 것 같아? 강호 자체를 멸절시키려고 흑야를 키워낸 작자인데?"

"……."

"내가 황제라면 오히려 천재일우의 기회라고 여기고, 대군을 보내겠어. 흑야로 인해 이빨 빠진 호랑이들을 먹어 치우기엔 그때가 제일 적기니 말이지."

가해월도 그 정도는 충분히 예상하고도 남을 머리가 있었다. 그랬기에 독고월이 한 말에 쉬이 반박할 수가 없었다. 그렇다고 가만히 있진 않았다.

안 그러면 독고월은 범 아가리 소굴로 들어갈 테니까.

"그래도 아닌 건 아니야. 그냥 이대로 떠나자. 같이 떠나서 살자고. 강호 그까짓 놈들은 있으나 마나잖아? 어떻게 되든 우리가 알 바 아니라고."

"가해월."

"그래! 우리가 제자년을 데리고 떠나면 끝나는 일이야. 제자년도 그걸 바랄 거야. 상공이 살길 원할······."

"가해월."

"그냥 도망가 살자고, 이 미친놈아!"

가해월이 바락 소리 질렀다. 그러고도 모자랐는지 연신 씩씩댔다. 눈동자엔 뿌연 수막마저 어려있었다.

"······."

"그냥 흘러가게 놔두자고, 본녀랑 같이 떠나자고! 아무리 상공 네가 강하다고 해도, 야주 담천이나 황궁을 상대로 뭘 어쩌려고! 황제를 암살하는 게 쉬울 것 같아? 그리고 암살한다고 해서 뭐가 달라질 것 같느냐고! 오히려 명분을 손에 쥐여주는 셈이라고! 영왕이 되려는 황제야. 황제는······."

가해월은 쉬지 않고 입을 놀리다가 멈췄다. 독고월이 초난희의 시신을 내려다보고 있어서다.

"그래도 헛되게야 만들 수 없지."

"뭐?"

"······."

독고월은 대답 대신 손을 뻗어 인형처럼 누워있는 초난 희의 머리칼을 매만졌다.

창가로 새어 들어온 황혼이 둘을 비쳤다.

가해월은 아련한 둘의 모습에 가슴 한구석이 시려오는 걸 느꼈다.

독고월이 지긋한 눈빛으로 그녀와 가해월을 바라보았 다.

가해월이 억지로 입술을 뗐다.

"그냥 안 하면 안 돼?"

"……."

"안 하면 안 되냐고."

가해월의 젖은 눈동자를 보면서 독고월이 나직이 읊조 렸다.

"……믿음에 대한 보상은 이뤄져야 하는 법이지."

第 5 章.

第 5 章.

1

달이 휘영청 뜬 한밤중이다.

독고월은 여전히 깨어있었다. 귀찮게 굴던 가해월은 자고 있었다. 정확히는 뒷목을 쳐 혼절시킨 거지만.

"훗."

혀를 빼어 문 꼴사나운 모습이 떠올라 드물게 실소까지 흘러나왔다. 독고월은 몸을 일으켰다. 오지도 않는 잠을 청하고 싶진 않았다.

덜컹.

문을 닫고 나오자 차가운 공기가 폐부를 찔렀다.

인기척은 없었다.

밤잠이 없는 건 독고월만이 유일했다. 나이 들면 잠이

없어진다는 말이 먼저 떠올랐지만, 약관에 이른 외모에 어울리진 않았다.

획.

가볍게 숨을 내쉰 독고월이 발을 가볍게 굴렀다.

신형이 한 줄기 미풍이 되었다.

획획.

스쳐 지나가는 숲 위로 날아오른 독고월은 가벼워진 몸과 마음을 느꼈다.

야주 담천과 비교하면 어떨까?

스스로 자문을 해보지만, 아직은 의문부호가 머릿속에 그득했다. 죽은 사야란 놈의 수준으론 얼마나 강해졌는지 피부로 느껴지지 않은 탓이다.

어쩌면 여전히 상대가 안 될지도 몰랐지만, 아마도 과거처럼 손도 못 쓰진 않으리라.

기나긴 강호의 역사에서 두 번이나 탈태환골을 한다는 이야긴 들어본 적이 없었다.

혈맥은 노폐물이 완전히 빠져나가 더할 나위 없이 깨끗해졌고, 활력은 갓 태어난 것처럼 전신에서 요동쳐댔다. 머릿속은 그 어느 때보다 청명했다.

끼어있던 안개가 쫙 걷혀 시계가 더없이 선연하달까?

그럼에도 불구하고.

과거 첫 탈태환골했던 때처럼 내공의 총량이 획기적으

로 늘어나진 않았다. 좀 더 늘어난 정도에 불과했다. 무언가 변화가 생겼지만, 정확한 결론을 내리는 게 어렵다는 게 독고월의 생각이었다.

탁.

결론 따윈 아무래도 좋은 독고월이 도착한 곳은 절벽 위였다.

그곳에 도착한 독고월의 눈에 엉망이 된 주검이 보였다. 보는 것만으로 눈살이 절로 찌푸려질 정도로 참혹하게 훼손된 상태다.

"악인의 최후치고는 확실히……."

독고월은 가볍게 손을 휘저었다.

들썩.

순식간에 땅이 한 움큼 파였다.

"어울리지만, 난 자비로우니까."

독고월이 생긴 구덩이 쪽으로 사야의 주검을 뻥 소리 나게 걷어찼다. 구덩이로 뻥 차인 사야가 들으면 게거품을 물고 달려들고도 남았다.

말과 행동이 다르다면서.

쓱, 쓱.

독고월은 흙을 밀어 사야의 주검을 덮어줬다.

"내세에는 좋은 걸로 태어나라. 그간 갖은 패악을 떨었으니, 끽해야 벌레겠지만. 벌레라도 태어날 수 있다면 좋은 거지. 어떤 누구는 가지 못할 어둠 속에서 영원히 있을 텐데 말이야."

오랜 시간을 남궁일의 몸속에 있어봤던 독고월은 잘 알았다. 갈 곳을 잃은 힘없는 영혼이 어찌 되는지 말이다.

승천하거나 그렇지 못하거나 둘 중 하나였다.

하여 귀령수를 초난희의 육신, 정확히 입안을 향해 흘려 넣어봤다. 귀령수가 목젖을 타고 넘어갔지만, 이미 떠난 영은 돌아오지 않았다.

여전히 깊이 잠든 것처럼 고요히 누워있었다.

차디찬 체온과 멈춘 심장이 아니었다면, 살아있다고 믿고 싶을 정도였다.

"나 참, 단전의 내공을 양분 삼아 가사상태에 빠지는 술법이라니. 듣도 보도 못했다고."

독고월은 불만을 터트렸다.

쓴 물이 가슴 속을 그득 메웠다.

그제야 독고월 자신이 과거에 한 짓이 얼마나 의미 없는 건지 깨달았다. 그녀는 그렇게 안된다고 돌아가라고 했는데, 괜한 고집을 부려서 일말의 가능성조차 없애버린 게 되어버렸다. 말로 표현할 수 없는 감정이 밀려들었다.

왜 이렇게 가슴속이 무거운지.

"후우."

한숨을 내뱉지 않고서는 기분은 바닥을 치다 못해 뚫고 들어갈 듯했다. 그답지 않게 죄책감이란 감정을 느끼는 중이었다.

기분전환을 하기 위해 밤하늘을 올려다봤다.

달이 지고 있었다.

심경이 복잡할 땐.

"무공 수련이 최고지."

마침 잘 됐다 싶은 독고월은 주위를 둘러봤다. 산줄기인지라 무공을 펼칠 곳은 많았다. 그래도 화전민촌에 피해 가지 않을 정도로 좀 떨어진 곳이 좋을 성싶었다.

곧 독고월의 입가에 희미한 미소가 지어졌다.

알맞은 장소를 떠올린 것이다.

후우우웅.

독고월이 손을 뻗자 땅 위에 쌓인 낙엽들이 일제히 날아올랐다. 이 일대를 덮고도 남을 양의 낙엽이 하늘 위로 솟구쳤다.

너울너울.

낙엽들이 수북이 쌓인 뒤의 모습은 여상한 풍경이었다. 늑대들이 워낙 깔끔하고 남김없이 정리한 덕분이었다. 가해월의 천안통이 아니고는 사야의 시체는 찾지 못할 것이다.

파앙.

낙엽들로 마무리한 독고월이 발을 굴렀다. 신형이 바람처럼 쏘아졌다.

휘이잉.

독고월은 바람결 따라 흘러갔다. 섬전행을 펼쳐 주위 이목을 끌 생각은 없었다. 그저 대자연에 순응하며 흘러가는 대로 갈 뿐이다. 귀를 간질이는 바람 소리에 기분이 점점 가벼워졌다.

입가엔 붓으로 그린듯한 미소가 떠올랐다.

창공 위의 거센 바람에 휘날리는 깃털처럼.

독고월의 표홀한 신형은 점점 눈으로 좇는 게 불가능해지고 있었다.

그것만으로도 익힌 경공술의 경지가 완숙해졌음을 알 수 있다. 섬전행을 펼치지 않았음에도 섬전행만큼 빨랐으니까.

흐름을 거스르지 않은 덕에 그 흐름보다 빠르게 나아갔다.

이 당연한 이치를 새삼 깨닫다니.

얼마나 흘렀을까.

어스름한 여명이 산등성이 위로 비취는 중이다.

독고월은 산등성이를 타고 하늘 위로 솟구쳤다. 무아지경에 빠져 경공술을 펼친 지금의 독고월에겐 아무것도 중요하지 않았다.

그저 대자연의 흐름에 몸을 맡기고, 순응하여 누구보다 자연스럽고 빠르게 이동했다.

마른하늘에 날벼락이 치는 소리도 없는 것이, 역시나 섬전행을 펼친 게 아니었다.

그럼에도 불구하고.

휘이이—!

산등성이를 탄 바람 따라 창공 위로 솟구친 독고월의 신형이었다.

쾌진격(快進擊).

보는 것만으로 기분 좋아질 최고의 경공술이자 흐름이었다. 지금의 현상은 섬전행의 대성이 아니고서는 설명이 되질 않았다.

오히려 섬전행을 펼치지 않고서 이룬 성과다.

참으로 모순적이다.

섬전행을 쓰지 않고 강호 그 어느 누구보다 쫓지 못할 섬전, 그 벼락 줄기를 완성하게 될 줄이야.

독고월은 이대로 섬전행을 펼칠 시 어떻게 될지 감히 상상조차 못했다. 그리고 깨달았다.

어째서 천구패 선배가 독보천하를 할 수 있었는지!

이렇듯 자유로운데, 어찌 천하를 주유하는데 거침이 있을까?

검푸른 하늘 위로 솟구친 독고월이 한 호흡을 길게 머금었다.

그리고 눈에서 형형한 빛이 쏘아져 나오는 순간.

우르릉, 쾅!

한 줄기의 벼락이 되어 땅에 꽂혔다. 찰나란 말이 어울릴 섬전행을 대성한 것이다. 초고수들인 십야와의 생사결, 그리고 또 한 번의 탈태환골이 준 선물이었다.

그걸 증명이라도 하듯.

후우우.

바람이 불자 흙먼지와 함께 흑단 같은 머릿결이 휘날렸다.

땅에 고요히 발을 디딘 독고월에게선 섬전행의 여파가 조금도 없어 보였다.

"이제 좀 나댈만하겠군."

2

육도낙월.

천구패의 독문무공이었다. 이제는 독고월의 독문무공이 되었지만 말이다.

독고월은 그 대단한 무공을 처음으로 익혔던 동혈, 호색마군의 은신처에 서 있었다.

동굴에서 풍겨오던 노린내의 잔재는 여전했지만, 살아 있는 것의 노린내가 아니었다. 퀴퀴한 냄새까지 나는 게 그 증거였다.

그래도 산중지왕이자 이곳의 터줏대감이었던 대호가 머물던 자리여서 그런지, 다른 들짐승들이 이곳에 자리를 잡진 못했다.

곳곳에 대호의 영역표시가 남아 있었고, 그마저도 희미해지긴 했어도 워낙 영물같이 컸던 놈이다.

어지간한 담력이 있는 놈이 아니고서 근처에 얼씬도 못하리라.

과거와 달리 이 동혈엔 선객이 없었다.

독고월은 긴 동혈 안으로 들어갔다. 제법 깊숙하고 어두웠지만, 문제가 되지 않았다. 독고월에겐 이곳의 어둠은 대낮보다 밝았다.

"으음."

그래도 썩는 냄새는 너무나도 지독했다. 민감한 후각 덕분에 코가 떨어져 나간 건 아닌가 싶을 정도였다.

그 지독한 냄새의 근원인 백골화된 대호의 시체가 멀지 않은 곳에 널브러져 있었다. 천구패의 무공을 빨리 익히고 싶은 마음에 미처 신경 쓰지 못했다.

"한낱 미물이라도 묻어줘야 하는 것을…… 이런 건 부처님 뺨치는 자비심을 가진 내 그냥 못 지나치지."

근래 들어 자비심이 넘치는 독고월은 혀까지 찼다. 그리고는 파헤쳐진 흙바닥을 향해 일장을 뻗었다. 대호의 거의 뼈만 남은 시체를 묻어 줄 요량이다.

퍼엉!

단박에 흙더미가 흩날리더니 대호의 시체가 들어가고도 남을 깊은 구덩이가 생겼다.

덥석.

독고월은 허공섭물로 대호의 거대한 시체를 잡아들었다. 이 엄청난 기예를 손가락으로 코 파듯이 해낸 독고월이 막 시체를 구덩이 속으로 던지려 했다.

"음?"

독고월이 의문 띈 시선으로 더 깊게 파진 구덩이 안을 바라봤다. 곧 두 눈이 크게 뜨여졌다. 구덩이 안에 놀랍게도 작은 철궤가 하나 더 있었던 것이다.

척 보기에도 범상치 않아 보이는 물건이었다.

독고월의 눈빛이 가늘어졌다.

쿵.

대호의 시체를 대충 내던져놓고는, 철궤가 있는 구덩이로 걸음을 옮겼다. 실낱같은 자비심보다야 들불처럼 일어난 호기심이 먼저란 증거다.

쑤욱.

독고월이 손을 뻗자 철궤가 딸려왔다.

성인 남자의 손아귀에 쥐어지는 크기의 철궤.

누가 이걸 여기에 파묻어 놓았을까?

천구패?

고개가 절로 저어졌다. 죽은 남궁일이 묻은 위치에 공교롭게도 깊이 파묻을 이유가 천구패에겐 없었다. 그렇다고 우연으로 설명하기엔 무리가 있다.

기이하기 짝이 없는 철궤의 정체가 자못 궁금해졌다.

"뭐, 열어보면 알겠지."

독고월은 한 손으로 철궤를 열어보려고 했다. 하지만 열리지가 않았다.

"허어! 이것 봐라?"

독고월이 어처구니가 없다는 듯이 웃고는 양팔로 철궤를 잡아 비틀었다.

부들부들.

양팔이 떨릴 정도로 애를 써보지만, 철궤는 꿈쩍도 하지 않았다.

아무리 낮게 잡아도 초절정고수의 힘이다. 힘으로 열리지 않을 리가 없었다.

뻐엉!

온몸의 힘을 끌어모아 철궤를 때려봤다.

데굴데굴.

요란스레 나가떨어진 철궤가 바닥을 굴렀다.

독고월이 그러면 그렇지란 표정으로 다가가다가, 표정이 그대로 굳었다.

철궤엔 조금의 흠집도 나지 않았다.

"허어."

독고월은 이상하기 짝이 없는 철궤를 죽일 듯이 노려봤다. 어디 네놈이 언제까지 버티는지 두고 보겠다는 듯이, 월광도마저 빼어 들었다. 쓸데없는 승부욕을 자극하는 뭔가가 철궤엔 있었다.

후웅!

태산을 쪼개고도 남을 위력의 월광도가 내리꽂혔다.

까앙!

동굴이 진동하고, 귀청이 먹먹해질 정도였다.

독고월은 단박에 쪼개질 철궤의 모습을 상상하고는, 흐뭇하게 웃으려 했다.

부르르.

독고월의 잘난 검미가 떨렸다.

철궤는 제 존재의 무사함을 만방에 과시하고 있었다. 흠집 한 번 날만 한데도 철궤는 그걸 허용치 않았다.

그것이 독고월의 신경을 자극했다.

"카악, 퉤!"

드물게 바닥에 침까지 뱉은 독고월, 월광도를 양손으로 꽉! 부여잡았다.

"하나도 힘 안 줘서 그래."

누군가에게 하는지 모를 소리를 지껄인 독고월은 도병을 있는 힘껏 쥐었다. 자존심이 상한 것이다. 근육이 부풀어 오르다 못해 머리카락까지 올올이 섰다.

내공을 쓰는 건 자존심 상하고, 쓸 수 있는 육신의 모든 힘을 다해서 내리쳤다.

까아아아앙!

그 위력은 종전과 비교도 되지 않았다. 동혈의 천장에서 흙더미가 떨어져 내렸다. 이대로 동혈이 내려앉는 건 아닌지 걱정마저 될 위력이 담겨 있었다.

오죽하면 내리친 독고월마저 득의만만한 미소를 입가에 지었을까.

내 팔이 이렇게 저릴 지경인데 제까짓 게 어떻게 버텨?

"……!"

하지만 독고월이 지은 미소가 씻은 듯이 사라졌다.

철궤는 조금의 흠집도 허락지 않았다. 뭐 이런 게 다 있나 싶었지만, 장고 끝에 결론을 내렸다.

"……이제야 알겠군. 내 진신내력을 써서 결국은 부숴버려야 한다는 거지? 진즉 내공을 퍼부어서 박살 낼 것을, 힘 아낀다고. 쯧쯧!"

안에 있는 물건이 뭔지 이제는 중요치 않았다.

사내의 자존심 싸움이 됐다.

철궤를 아예 박살을 내버릴 작정이었다.

독고월은 살벌한 표정으로 한 손엔 철궤, 한 손엔 월광도를 들고 나갔다.

드드드.

그렇지 않아도 동혈이 진동하고 있었다. 워낙 내리친 힘이 강렬한 탓에 그 진동만으로 동혈이 떨리는 것이다. 여기서 내공을 퍼부은 월광도로 내려쳤다간 끝장이었다.

동혈이 폭삭 주저앉고도 남았다.

밖으로 뛰쳐나간 독고월의 뒤로 덩그러니 남겨진 대호의 시체.

자비심의 결과는 곧 드러났다.

콰아아앙!

밖에서부터 시작된 폭음과 진동이 그대로 동혈을 무너뜨려 버린 것이다.

우르르.

어찌 됐건 대호의 시체는 매장되었다. 자비심이 넘치는 누군가의 철저한 외면 속에서 말이다.

육도낙월을 펼쳐서 깨부수려는 시도는 좋았다.

정말 시도만 좋았다.

까아아아아앙!

호쾌함을 넘어선 통렬한 격타음과 함께 저 산 너머 멀리 날아가는 철궤를 바라보기 전까진 말이다.

저 하늘의 별이 되고도 남을 속도로 쏘아진 철궤.

독고월은 월광도를 휘두른 자세 그대로 멍하니 서 있었다. 옆으로 쓰는 횡소천군의 초식을 응용한 섬월로 잘라버리려고 했던 게 패착이었다.

"……."

어마어마한 힘을 생각 못 한 것도 있고, 도무지 깨지지 않아 홧김에 날려버린 탓도 있었다. 고작 철궤를 상대로 성질머리를 보인 것이다.

철궤는 정말이지 멀리도 날아갔다.

척.

독고월은 손을 들어 이마에 댔다. 조용히 월광도를 허리춤에 패용했다. 그리고 순순히 인정해야 함을 깨달았다. 자신이 가진 최후의 패로는 철궤를 흠집조차 줄 수 없다는 것을.

말이 철궤지, 이쯤 되면 검강으로도 쉽게 베어지지 않는다는 전설의 용린보갑(龍鱗寶鉀)보다 더 튼튼해 보였다. 만년한철도 이 정도면 종잇장처럼 갈기갈기 찢어지는데 말이다.

쿵!

독고월은 발을 굴렀다. 분해서가 아니었다. 일단은 날아간 철궤의 궤적을 따라가야 했다. 어딘가로 떨어져 못 찾기 전에 말이다.

우르릉, 쾅!

순식간에 벼락처럼 쏘아진 독고월이었다.

철궤의 궤적은 독고월의 시야를 결코, 벗어날 수가 없었다.

대성한 섬전행이다.

혜성처럼 날아간 철궤가 아무리 빠르다고 해도, 독고월의 섬전행엔 꼬리가 밟혔다.

한데 유성이 날아가는 소리가 이러할까.

찌이이익—!

철궤는 귀청을 찢는 소리를 내며 쏘아지는 중이었다. 천 마리의 새가 동시에 울부짖는 것만 같았다.

쓰게 웃은 독고월은 손을 뻗었다. 어디까지 날아가는지 지켜보고 싶진 않았다.

"끄응!"

똥을 바가지로 싸는 힘겨운 소리와 함께 철궤가 공중에 딱! 멈춰 섰다. 허공섭물에 의해 강제된 철궤가 허공에 둥둥 떠있었다.

독고월의 이마 위에 땀방울이 맺힌 걸로 보아, 제법 만만치 않은 내력이 소모된 듯했다.

무공수련을 하러 왔건만, 왜 사서 고생을 하는지 원.

휙.

쓸데없이 헛물만 켠 독고월은 날아든 철궤를 손에 쥐었다. 그리고는 방향을 틀어 원래의 위치로 돌아왔다.

걸린 시간은 그야말로 찰나다.

대성한 섬전행의 위용에 마음이 뿌듯했지만, 철궤를 보니 도로 가라앉았다.

"후우⋯⋯!"

한숨과 함께 주위를 둘러보던 독고월의 눈이 점점 커졌다.

무너진 동혈의 입구야 아무래도 좋았다. 어차피 더 볼일도 없었으니까 말이다.

하지만 산등성이를 갈아엎은 건 문제가 컸다.

산사태가 일어나도 이보다는 심하지 않으리라.

육도낙월을 철궤에게 펼친 대가라지만, 이 정도로 폐허가 됐을 줄은 꿈에도 몰랐다. 어느 정도 힘을 조절했다고 여겼는데, 그 의미가 퇴색되는 광경이었다.

그야말로 천재(天災)가 이곳을 덮친 듯했다.

그나마 다행인 건 이곳에 인적이 없다는 건데.

와르르.

눈앞에서 산허리가 무너지는 걸 보며 독고월의 입에서

억눌린 침음성이 흘러나왔다.

"으음."

독고월이 서둘러 기감을 넓혔다. 다행히 기감 속에 잡히는 인기척은 없었다. 난데없는 사형선고를 받은 동물들의 잦아지는 비명뿐이다.

휘익!

그래서 독고월은 떠났다.

"미안해들."

아무에게도 들리지 않을 변변찮은 사과만을 남긴 채.

3

이른 새벽녘이었다.

탁.

사고치고, 돌아오던 독고월이 저잣거리에 느닷없이 내려섰다. 그때 초난희와 머물렀던 객잔이 눈에 밟혀서다. 귀신이 금방에라도 튀어나올 것 같은 흉가, 그때의 객잔이 달라져 있었다.

허무는 대신 보수를 한 듯 객잔은 멀끔한 모양새를 하고 있었다.

과거와 사뭇 다른 모습에 독고월은 호기심이 생겼다.

안으로 들어서며 인기척을 내자, 꾸벅꾸벅 졸던 객잔주

인이 화들짝 놀랐다. 오래간만의 새벽 손님인지, 주인은
어안이 벙벙한 얼굴로 물었다.

"뉘신지?"

주인이 눈곱 낀 눈을 손으로 비벼댔다. 가물거리는 눈
때문이었다.

손님이지 누구겠느냐고, 그리고 네놈이 말하면 누군지
는 아느냐고!

쏘아주고도 남을 독고월이었으나, 오늘은 착하게 굴었다.

"손님."

"손님이요?"

"그래, 손님이나 받지."

"말 한 번 참 곱게 하시는구려."

객잔 주인의 말투는 퉁명스러웠지만, 그리 기분이 나쁜
얼굴은 아니었다. 하품을 늘어지게 하더니 숙수실로 불쑥
들어갔다. 주문이고 자시고 할 새도 없었다.

독고월은 코웃음 치고는 창가의 빈자리를 차지했다.

이른 새벽이라 그런지 손님은 없었다.

창밖으로 보이는 저잣거리에도 개미 새끼 한 마리 찾아
보기 어려웠다. 과거 의복을 구매했던 포목점의 문도 굳게
닫혀있었다.

새벽의 분주함은커녕 음산한 느낌마저 드는 거리의 살
풍경이었다. 꾸벅꾸벅 졸고 있던 객잔 주인의 담력이 제법

이라는 생각이 들었다.

"강도라도 들겠군."

괜한 걱정을 입 밖으로 낸 독고월의 고개가 돌아왔다.

"······!"

순간 독고월의 눈빛이 흔들렸다. 보기 드문 모습까지 보인 눈동자에 맺힌 인영의 모습은 낯익었다.

초난희.

그녀가 자신의 맞은 편에 조용히 앉아있었다.

4

꿈이라도 꾸는 걸까.

독고월은 주위를 둘러보며 물었다.

"이건 네가 잘하는 짓 중 하나인가?"

"······."

초난희는 대답 대신 지그시 바라만 봤다. 묘한 느낌을 주는 시선이었다.

독고월은 고요히 바라보는 그녀의 자태를 보며 살짝 손을 뻗어봤다.

초난희는 그 손을 피하지 않았다.

손이 그대로 어깨를 통과했다. 마치 형체 없는 안개를 만진 기분이었다. 비수, 월혼을 통해 불러낸 초난희를 매만지던 그때와 같았다.

"이것 참."

독고월은 난감함을 느꼈다.

설명이 필요하다는 듯이 바라봤지만, 그녀는 답해주지 않았다. 아니, 그럴 여력이 있어 보이지 않았다. 그저 멍한 시선으로 바라볼 뿐이다.

예전 같으면 열 받게 뭘 쳐다보느냐고, 구박에 면박이라도 줬겠으나 지금은 아니었다.

"적당히 봐라. 슬슬 짜증 나니까."

현재의 심경을 설명해주는 나름의 친절은 베풀어줄 수 있었다.

그럼에도 과거와 달리 울림을 전해오진 않았다.

한참을 기다려도 말이다.

독고월이 곁눈질하며 슬쩍 물어왔다.

"설마 삐친 거냐?"

"······."

"네가 원하는 대로 굴지 않아서 내게 토라진 것이야? 열 살 먹은 애도 아니고, 고작 이런 걸로 토라지다니 참으로 한심하군, 한심해. 강호를 걱정하고 근심하는 대협녀(大俠女)처럼 굴더니 고작 이런 거에 토라져? 잘됐네. 이 참에 화라도 내지그래. 욕도 좀하고 말이야. 너 그런 거 잘하잖아. 요조숙녀처럼 굴었지만, 척 보면 척이지. 그 나물에 그 밥이라고, 가해월이 의술과 환술만 가르쳐주진 않았을 터."

"……."

"자, 어서 욕해봐. 내 얼마든지 들어줄 테니."

독고월은 조소 어린 표정까지 지어 보였다. 눈앞의 초난희를 향해 도발을 시전한 것이다.

"뭐하시구려?"

별 해괴한 사람 다 보겠다는 듯이 객잔 주인이 소면 한 사발을 말아왔다.

탁.

소리 나게 소면 그릇을 내려놓은 객잔 주인은 초난희가 앉아 있는 자리를 힐끗 보고는 다시 자리로 돌아갔다. 그리고는 꾸벅꾸벅 졸기 시작했다.

독고월은 눈앞에 놓인 소면을 보며 허탈한 미소를 지었다. 그리고는 객잔 주인을 바라봤다. 혹시나 하는 마음에 이쪽으로 와보라고 부르려는 찰나.

후르륵.

소면을 먹는 소리가 들려왔다. 초난희가 새초롬한 표정으로 소면을 먹는 중이었다.

"……."

독고월은 어처구니가 없는 표정을 해 보였다. 마음 같아서는 그녀가 먹고 있는 소면 그릇을 뺏고 싶었다.

휙.

이미 손은 이미 초난희 앞에 놓인 소면 그릇을 빼앗기
위해 쏘아졌다.

결과는 예상대로였다.

손은 소면 그릇을 그대로 투과했다. 그리고 독고월은 제
앞에 놓인 소면 그릇을 번갈아 보았다.

놓인 건 하나인데, 보이는 건 두 개다.

후르륵.

초난희는 여전히 소면을 먹고 있었다.

독고월은 그 광경을 바라보고는 고개를 흔들었다.

"귀신이 곡할 노릇이군."

내뱉은 말과 달리 더욱 영민해진 머리는 이 상황을 어느
정도 예측하고 있었다.

잔류사념.

아직까지 이 장소엔 초난희가 펼친 환술의 잔재가 남아
있었다. 그 환술이 펼쳐지는 조건은 단 하나였다.

바로 독고월의 존재.

그 효력이 언제까지, 그리고 어디까지 미치는지 모를 일
이나, 확실한 건 지금 눈앞에 있는 건 초난희의 영혼이 아
니라는 결론이 내려졌다.

"……."

후르륵.

초난희는 흘러내리려는 옆머리를 귀에 살짝 걸치고는 다시 소면을 먹는 중이었다.

마치 그날처럼.

독고월은 객잔주인 밖에 없는 주위를 둘러보며 천천히 입술을 뗐다.

"이 새벽에 사람도 많네."

뛰어난 기억력으로 객잔에 왔던 그날처럼 같은 투덜거림이었다.

그러자 답은 기다렸다는 듯이 이어졌다.

"원래 이 객잔은 새벽 손님이 많아요."

놀랍게도 초난희가 한 말이었다. 싱긋 웃기까지 했다.

"⋯⋯."

그날의 점소이가 초난희를 보고 넋을 잃었던 것처럼, 독고월도 넋을 잃을 뻔했다. 아니 침음을 흘러나오는 걸 억지로 참아내며, 일부러 혀를 찼다.

"⋯⋯면사를 착용하는 건 어떠냐?"

"갑갑해서 싫어요. 먹는데도 방해되고."

초난희는 보란 듯이 젓가락을 들어 소면을 훌훌 말아먹었다.

후루룩!

소리 내어 먹는데도 독고월의 눈빛은 초난희에게서 떨어질 줄 몰랐다.

독고월은 젓가락을 들어봤다. 들렸다. 그 젓가락을 소면
쪽으로 뻗었다. 초난희 앞에 놓인 소면과 달리 역시 국수
가락이 잡혔다.

"……."

독고월은 객잔 주인을 바라봤다.

그는 날 새느라 피곤했는지 꾸벅꾸벅 졸고 있었다.

독고월은 흔들리는 눈빛으로 말했다.

"……미쳤지, 미쳤어."

"왜 그러세요? 제 얼굴에 뭐라도 묻었어요?"

초난희가 제 얼굴을 매만지며 배시시 웃었다.

"……."

"설마 내 얼굴이 어여뻐 보여서 본 거였나요? 새벽녘에
새초롬하게 소면 먹는 모습에 새삼 반했나요?"

"내일 아침, 만두처럼 빵빵해질 얼굴이 심히 기대돼서
봤다. 대조해봐야 할 거 아니냐."

"칫."

초난희의 입술이 한 닷 발 튀어나왔다.

독고월이 쓴웃음을 지었다.

"기억력이 너무 뛰어난 것도 문제군."

"……."

초난희의 멍한 시선에 독고월은 깨달았다. 틀에 짜맞춘
듯한 대화가 아니면 반응이 없다는 걸 말이다.

그래서 그때처럼 말했다.

"⋯⋯잠깐 다녀올 데가 있다. 한 칠일 정도 걸릴 것이다."

"칠일이요? 안가라도 가는 건가요?"

"뭐, 그런 셈이지."

"설마 돈을 구하러 가는 거예요?"

"그럴 수 있다면 매우 좋겠지만, 아쉽게도 그런 일은 없지."

"같이 갈⋯⋯!"

"안 된다. 혼자 가야 할 일이다. 만리추종향까지 묻혀놓고도 안심이 안 되느냐?"

"그런 건 아니지만, 워낙 약속을 헌신짝처럼 버리는 공자님이시니까요."

초난희는 이어서 재잘댔다.

"뭐, 알겠어요. 제가 목줄을 채워놓은 것처럼 되어버렸지만, 저도 사실 마음이 편치 않아요. 자꾸 절 버리고 가려 하시니까 도리 없지요."

"⋯⋯."

"⋯⋯."

독고월에게서 답이 없으니 침묵은 계속됐고, 드르렁대는 주인의 코골이 소리만이 들려왔다.

턱을 괸 독고월은 불어터진 소면을 보다가 킬킬거렸다.

멍한 시선을 보내는 초난희를 보자니, 나오는 건 메마른 웃음소리뿐이었다.

한참을 그러고 웃은 탓에 객잔주인이 깼다. 인상을 그은 그가 불만을 토로했다.

"가뜩이나 장사도 안 되는데, 쩝. 거 먹지도 않고, 미친 사람처럼 그러고만 있을 거면 그만 가시구려. 관군을 부르기 전에 가는 게……."

불만에서 경고로 이어지려 했지만, 그럴 수가 없었다.

팔랑.

독고월은 대답 대신 전표 한 장을 꺼내 든 덕분이었다.

큰 액수의 전표를 누가 가져갈세라 낚아챈 객잔 주인을 향해 독고월이 제안했다.

"잠시 들어가서 쉬지. 아침 해가 뜨기 전에 자리를 비워 줄 테니."

"아무렴요, 당연히 그리해야 합지요. 필요한 건 없으십니까?"

공손해진 객잔 주인에 독고월은 죽엽청 한 병을 주문했다. 그는 얼른 숙수실로 들어갔다. 죽엽청과 기름진 안주를 들고 나왔다.

탁.

"그럼 즐거운 시간 보내십……."

허리를 반으로 접으려는 객잔 주인을 손사래로 물린 독
고월.

홀로 남겨진 덕분에 적막감이 맴돌았다.

쪼르륵.

독고월은 술잔을 채웠다.

무슨 말을 해야 할까.

머릿속에 그득한 단어들이 많았지만, 멍한 시선을 보내
는 그녀의 잔류사념을 보면 할 말이 그리 많지 않았다. 물
론 나올 말은 이미 정해져 있었다.

탁.

비수 월혼을 탁자 위에 꺼냈다.

빛을 잃은 월혼을 보고 무언가 반응을 기대했지만, 초난
희에게선 반응이 없었다.

예상은 했지만, 입맛이 썼다.

독고월은 죽엽청을 병째로 들어 비워냈다. 취기가 가슴
을 뜨끈하게 데웠다. 그리고 지금 아니면 하지 못할 말을
조심스럽게 꺼내 들었다.

"괜한 고집을 부려서……."

"……."

초난희에게선 반응이 없었다.

독고월은 피식 웃음을 흘리고는 따라져 있던 잔도 들었
다.

"……미안하구나."

그녀에게 닿을 수 없는 말을 하고는 그 잔을 비워냈다.

그리고 월혼을 들고 자리를 떴다.

第 6 章.

第 6 章.

1

모용세가의 구중심처.

그곳을 찾은 무림맹의 약왕전주가 고개를 가로저었다. 신의로 소문난 그마저도 안된다고 한다.

정신적인 병엔 백약이 무효함을 알고 있었지만, 억장이 무너지는 모용세가원들이었다.

모용설화는 침상 위에 누워있는 모용선의 손을 잡고 오열했다.

"아버님, 제발 일어나세요. 흐흑, 세가원 모두가 아버님을 기다린다구요."

웅얼웅얼.

머리가 하얗게 센 모용선의 눈동자는 초점이 명확하지

않았다. 어딘가를 보며 입술만 움직이고 있었다. 대부분 불명확한 소리였지만, 남궁일이란 이름만이 끊임없이 흘러나왔다.

모두가 남궁일이 죽은 충격 때문이라고 여겼다.

"북리천극의 거짓말이야 그렇다 치더라도, 설마 가주께서 둘도 없는 친우를 잃으신 충격이 저리 클 줄이야 어찌 알았겠는가."

"그러게 말이네. 인의무적 남궁일 대협의 죽음이 이리 큰 파문을 불러올 줄은."

원로들은 뒷말을 삼켰다. 하나같이 불안해하는 기색이 역력했다.

전황은 무림맹에 갈수록 불리해지는 상황이었다.

모용세가 또한 무림맹에 두 팔 걷어붙이고 나서야 하는데, 최고의 결정권자가 이렇게 된 마당이다. 모용세가를 이끌 지도자가 없으니 어찌해 볼 도리가 없었다.

이대로 병력만 파견하게 되면, 최전방으로 몰려 소모되기 일쑤다. 모용세가의 핵심전력을 이끌고 참전할 최절정의 고수, 모용선이 필요했다.

약왕전주가 침도 놓고, 정신을 보하는 약탕도 먹여줬지만, 상세에 차도는 보이지 않았다. 군사 제갈현군이 어떻게든 완치시켜야 한다고 수십 번도 당부했는데 말이다. 맡은 소임을 다하지 못한 터라, 떠나는 약왕전주의 발걸음은 천근만근 무거웠다.

모용세가로서는 이제 결단을 내려야 했다.

모용설화가 모용선의 곁에서 간호하고 있었지만, 새로이 가주를 선출하거나 임시 가주를 뽑아야 했다. 혹자는 이 상태를 유지해 전력보존을 하자는 쪽으로 갔지만, 호된 원로들의 호통에 입을 다물어야 했다.

"무림맹이 무너지면 우리도 끝장일세."

이미 중지를 모은 세가의 원로들이었다. 모용세가의 핵심전력을 이대로 파병하기로 마음먹은 것이다.

이럴 때일수록 소가주 모용준경이 필요한데 어찌 된 영문인지 소식이 없었다.

"분명 세가로 돌아온다고 했는데, 왜 이리 늦는 건지. 혹 무슨 일이라도 생긴 건 아닌지 걱정이구려."

"우리 모용세가를 이끌어줄 가주의 핏줄인데 말이오. 설화야 혹 다른 기별은 없었느냐?"

"……네에."

한 원로의 물음에 답한 모용설화의 눈망울이 잘게 흔들렸다.

아버지마저 이렇게 된 상황인데, 오라버니마저 잘못되면 어찌해야 할지 앞이 깜깜하다.

모용설화는 입술을 지그시 깨물었다. 지금은 울 때가 아니었다. 세가의 원로가 그런 말을 입 밖으로 꺼낸 이유가 짐작됐다.

최악의 상황을 대비하라는 것이다.

두 눈을 감은 모용설화는 심호흡을 했다. 원로들 아니, 세가원 모두를 걱정시켜선 안 됐다. 오히려 다독이며 만반의 준비를 할 때였다.

"제가 이끌겠습니다."

다부진 표정으로 한 말에 원로들이 살짝 놀란 표정을 지었다.

"설화, 네가 말이냐?"

"네, 오라버니도 연락이 두절 된 상태. 제가 아니면 누가 세가를 이끌겠습니까?"

되묻는 모용설화의 당돌함에 원로들은 적잖이 감탄했지만, 전선은 매우 위험했다. 남녀를 가리는 곳이 아닌데다, 상대도 나빴다.

"잔혹한 마교놈들이 총공세로 나섰다. 전선의 상황은 악화일로로 치닫고 있지. 목불인견의 참상을 보면서, 설화 네가 우리를 이끌 수 있겠느냐?"

원로의 걱정 어린 물음에 모용설화는 소매로 눈물 자국을 지워냈다. 눈부시게 아름다운 옥용에 결의가 서리기 시작했다.

"전 이젠 과거의 설화가 아닙니다. 원로님들께 어리광을 부리던 철없던 제가 아니니, 믿어주세요. 무공도 과거

보다 강해졌다구요."

그 사실은 원로들도 잘 알았다. 모용설화의 무위가 예전
보다 진일보했음은 풍기는 기세와 눈빛만 봐도 알만한 사
실이었다.

솔직히 원로들은 모용설화를 끌어들이고 싶지 않았다.
모용선이 잘못되고, 세가의 기둥이 될 소가주 모용준경에
게선 소식이 없었다. 그러니 모용설화는 최악의 상황에서
하나 남은 핏줄이다.

전장으로 보낼 순 없으나, 상황이 여의치 않았다.

무림맹에서도 최후의 통첩을 약왕전주를 통해 보냈다.

이젠 결정을 내려야 할 때다.

하지만 전통적으로 세가의 핏줄이 이끌지 않는 전력은
결집력을 발휘할 수가 없었다. 원로들이 이끈다고 해도 그
건 마찬가지였다.

모용세가의 구심점은 누가 뭐라 해도 모용선과 그 직계
자손들인 모용준경과 모용설화였다.

"흐음, 난제로세. 이러지도 못하고, 저러지도 못하니 말
이네."

원로가 나직이 탄식했다. 이미 머리로는 결정을 내린 상
황이었다. 현 상황에서 기댈 수 있는 건 모용설화 밖에 없
었다. 원로들이 옆에서 보좌하면 방도가 보일 것이다.

하지만 모용선처럼 최절정에 이른 수준 높은 무인이 없

는 것은 타격이 꽤 클 거다.

원로들이 경험 많은 절정고수라곤 하나, 나이엔 장사가 없다고, 실전감각도 퇴보한 노고수들이었다. 늙은 생강이 맵다고 해도, 한계는 명확했다.

작금의 상황에 필요한 건 패기였다.

하지만 모용세가에는 호쾌하게 이끌어줄 젊고 패기 넘치는 지도자가 없었다.

모용설화가 아무리 영민하다고 하지만, 세가원 모두를 아우를 수 있을지는 의문이었다.

"하지만 달리 방도가 없는 것도 사실이지."

한 원로가 나직한 탄식을 하고는, 결연한 눈빛으로 그녀를 바라봤다. 자신의 무릎에 앉아 수염을 뽑으며 장난이나 치던 아이였는데.

지금은 그녀밖에 없었다.

모용세가의 안주인은 모용선을 돌보느라 여념이 없었다. 그 외엔 호랑이가 사라진 산의 주인이 되려는 여우 같은 작자들뿐이었다.

덕분에 세가 내 분위기도 뒤숭숭했다.

젊은 무인들이 갈팡질팡하고 있는 것이다. 모용선에 대한 소문 때문이었다. 헛소리로 일축했지만, 발 없는 말이 천리를 간다고, 누군가 의도적으로 모용선에 관한 안 좋은 소문을 퍼트리고 있었다.

그러니 결정은 빠를수록 좋았다.

원로가 막 입술을 떼려고 했다.

"그럼……!"

우당탕탕!

누군가 급히 내실로 들이닥쳤다.

온몸에 피 칠갑을 한 무인의 행색에 막 호통을 치려던 원로들이 다급히 물었다.

"이 무슨 일인가!"

"스, 습격입니다!"

"뭐라구요? 대체 누가!"

모용설화가 다급히 다가왔다. 자세히 설명해보라는 듯이 채근하는 눈빛을 보냈다.

무림맹의 복식을 한 무인은 약왕전주의 호위였다. 울분에 찬 표정을 지은 그가 외쳤다.

"약왕전주님이 암살당하셨습니다!"

"그러니까 누가요!"

"누구겠느냐? 계집아이야."

밖에서 들려오는 음산한 목소리에 모용설화는 물론이거니와, 원로들은 까무러치게 놀랐다.

구중심처인 이곳의 경계망을 유유히 뚫고 들어올 줄이야.

게다가 괴인의 무위가 가늠되지 않았다. 어찌 이리 빨리

들이닥칠 수 있는 건지 의문이 드는 순간.

콰앙!

내실의 문이 박살 났다.

스으으.

그리고 한 인영이 유령처럼 미끄러져 들어왔다. 초로의 노인이었는데, 잔혹해 보이는 눈매가 가진 성정을 짐작하게 했다. 살기가 번뜩이는 눈동자가 모용설화를 담았다.

모용설화가 흠칫 놀랐다.

"누, 누구?"

"당신은 유, 유령신마!"

노인을 알아본 한 원로의 외침이 그녀를 아연실색하게 했다.

마교의 십이 장로 중 하나인 초절정고수였다. 이곳에 있을 만한 인물이 아니었다. 최전선에서 날뛰고 있어야 했는데, 어째서 이곳에 왔는지 의문이었다.

"네놈이 어떻게 여길 알고!"

원로가 내지른 경악성에 유령신마는 음산한 미소로 답해줬다.

"모종의 임무를 부여받고, 약왕전주 그 쥐새끼의 꼬리를 밟다가 들렸네. 그런데 설마 모용세가의 핏줄이 있는 심처를 찾게 될 줄은 본좌도 몰랐지."

하필이면 최악의 상황에 최악의 인물이 오다니.

뭔가 석연치 않은 구석이 있었지만, 지금은 그 의문을 해소할 수가 없었다.

"이런 걸 소가 뒷걸음질치다 쥐 잡은 격이라고 해야 하겠군."

그 정도로 유령신마의 존재감은 모두를 압도하고도 남았다.

2

유령곡의 주인.

유령신마는 유령대라는 별동대를 운용해 유격전 및 요인암살에 매우 능했다. 그 악랄한 손속에 유명을 달리한 정파의 고수들은 셀 수가 없을 정도였다.

그랬기에 이 자리의 어느 누구도 경거망동하지 못했다. 유령신마를 자극하면 모용선과 모용설화의 안위가 위험해졌다.

일단은 기회를 엿봐야 한다.

원로들은 이 소동에도 잠잠한 바깥상황에 의뭉스런 눈초리를 교환했다.

모용세가의 눈과 귀가 다른 곳으로 쏠린 걸까?

그 내심을 읽은 듯이 유령신마가 잔인하게 웃었다.

"성동격서지. 본좌가 데리고 온 별동대를 쫓느라 정신이 팔렸을 게다. 물론 꼭 그런 이유만 있는 건 아니지. 아주 잘 안내받아서 말이야."

"뭐라? 그게 무슨 소리……!"

원로는 제 귀를 의심했다. 그리곤 들이닥친 약왕전주의 호위무인을 노려봤다.

"우습게도 살려달라 빌더군. 가족이 있다고 말이야. 무림맹이 얼마나 썩어빠졌는지 보여주는 단면이지."

유령신마가 흉측하게 웃었다.

휙.

눈치를 보던 피 칠갑한 호위무인이 다급히 밖으로 몸을 빼내려 했다.

"이노옴!"

원로가 일갈하며, 막 일장을 쏘아 보내려는 찰나.

흐으으.

호위무인을 향한 음유한 장력이 더 빨랐다. 유령신마가 쏘아낸 일장이었다. 처음부터 놈을 살려줄 생각 따윈 없었던 그였다.

"커헉!"

일장을 얻어맞은 호위무인은 그대로 고꾸라졌다. 단 일장에 심맥이 끊겨 죽은 것이다.

탈명장(奪命掌).

유령신마를 초절정의 경지로 이끌어주고, 악명을 높여준 희대의 마공이었다.

"쯧, 그냥 있으면 일각이라도 살 것을."

혀를 차는 유령신마의 말은 정말이지 광오했다.

원로들은 자신들은 눈에 보이지 않아 하는 광오한 유령신마에 이를 악물었다.

상대는 저런 말을 해도 될 굉장한 실력자였다.

모용선이 멀쩡하다면 합격술로 어떻게든 해보겠지만, 이 자리엔 노회하고 기력이 쇠한 노고수들과 모용설화 뿐이었다. 모용선의 기력이 쇠한 모습을 감추기 위해 세가의 주력 무인들을 모두 물린 탓이다.

그걸 유령신마도 잘 알았다. 그렇기에 일각이란 시간을 말한 거다.

"천재일우의 기회란 건 이런 걸 말하는 거겠지. 네놈들을 모조리 죽이는데 일각이면 충분하다."

유령신마는 속전속결로 끝내려는지 장포가 부풀어 올랐다. 그의 장법과 신법이라면 빠르게 이들을 죽이고, 제 한 몸 빼내는 건 일도 아니었다.

약왕전주를 암살하려고 했다가, 설마 이런 대어를 낚을 줄은 그조차도 몰랐다.

거기다 모용설화도 있었다. 유령신마의 음심이 치솟을 정도로 젊고 아름다웠다.

"아이야, 넌 걱정 말거라. 넌 이 본좌가 충분히 예뻐해 준 뒤에 찢어 죽여줄 테니."

"......!"

그 추악한 말에 모용설화는 치를 떨었다. 하지만 유령신 마가 뿜어내고 있는 기세는 일절이라고 해도 좋을 정도였 다. 지금 이 자리의 모두가 덤벼도 가능할까 싶을 정도로 대단한 초고수였다.

유령신마가 막 양손을 뿜어내려는 찰나.

"잠깐만요!"

모용설화가 한 발짝 나섰다.

막 동귀어진을 하려던 원로들이 멈칫했다.

모용설화는 당돌하게도 유령신마 앞에 섰다.

"차라리 절 인질로 납치해가는 게 여러모로 좋지 않겠 어요?"

"시간을 끌려는 수작이군."

유령신마가 같잖다는 듯이 흉측하게 미소 지었다. 살벌 한 기세가 모용설화를 옥죄어왔다.

모용설화는 작은 주먹을 꽉 쥐어 버렸다.

제 기세를 버티자 유령신마는 호오, 하고 감탄했다.

모용설화는 그 틈을 놓치지 않고 입술을 뗐다.

"절 데리고 가시면 모용세가의 참전을 막을 수 있어요. 이 자리의 모두는 물론, 저를 살려둔다는 전제하에 말이죠. 하지만 이 자리에서 원로님들과 절 죽이게 되면."

"되면? 설마 본좌와 거래를 하려는 것이냐?"

"거래가 아니라, 보다 나은 제안이죠."

"허허, 당돌한 계집애로군. 좋다, 어디 한 번 말해보거라."

다분히 도전적인 모용설화의 시선에 유령신마는 가자미 눈을 떴다. 노회한 그의 머리도 어느 쪽이 나을지는 가늠하는 중이다.

결론은 모용설화가 내려줬다.

"모용세가는 전력을 다해 무림맹에 힘을 보태게 될 것이에요. 가주님과 원로들을 잃은 복수심에 불타서 말이죠. 차라리 소녀를 인질로 삼으세요. 그러면 모용세가는 쉽게 움직이지 못해요."

"설화야, 안 된다!"

지켜보던 원로들이 소리쳤다. 모용설화의 말은 사실이었다. 현재 모용준경의 위치가 파악되지 않았고, 가주 모용선은 인사불성이나 다름없었다.

그런 상황에서 모용세가의 전력을 움직이는 건 어렵다.

오히려 내분이 일어날 것이다.

원로들은 어째서 모용설화가 저리 말하는지 알고 있었다. 제 아비 모용선을 살리는 건 물론, 원로들의 목숨을 보전해 어떻게든 수습하길 바라는 것이다.

이 절체절명의 위기를 자신의 희생으로 말미암아 해결하려는 모용설화였다.

원로들이 들불처럼 일어나 반대하려 했지만.

'나중을 기약해야 해요.'

마치 그리 말하는 모용설화의 똑바른 시선에 꿀 먹은 벙어리가 되었다. 그들의 뒤에는 모용선이 있었다. 지금 당장은 가주가 인사불성이지만, 언제고 회복될 것이다. 그러니 이 방법이 최선이었다.

유령신마가 팔짱을 끼었다. 교활한 그답게 모용설화가 노리는 수가 어떤 건지 알고 있었다. 제 아비를 살리기 위한 눈물겨운 희생이었지만, 유령신마는 그런 희생에 감명받는 이가 아니었다. 오히려 모용설화 덕분에 더 나은 계책이 떠올랐다.

"좋다."

"그럼⋯⋯!"

모용설화가 막 자신을 데려가고 모두를 살려달라는 말을 하려는 찰나.

유령신마가 든 손이 입을 막았다.

"하지만 네년은 살려가고, 나머진 죽인다. 네년이 내 손에 있으면 모용세가가 섣불리 움직이지 못할 테니 말이야. 덤으로 욕심도 채울 시간도 많이 벌고."

유령신마는 모용설화의 전신을 훑었다.

모용설화는 뱀이 전신을 기어 다니는 느낌을 받았다. 참으로 역겨웠다.

"이런 추악한 놈! 네놈을 저승 가는 길동무로 삼을 것이다!"

원로 중 하나가 그리 말하며 동귀어진의 절초를 펼쳐 들었다.

휘익!

전력을 다한 성명절기가 유령신마를 향해 쏘아졌다.

원로들이 서로 눈짓했다. 어떻게든 밖에 상황을 알려야한다. 주력을 더 이끌고 오기 위한 탈출을 강행하려는 찰나.

콰직!

달려들던 원로가 목덜미를 잡혔다.

"쯧쯧!"

거기서 그치지 않고, 유령신마는 귀신같은 신법으로 그들의 퇴로마저 막았다. 유령신마가 손에 힘만 쥐도 동귀어진의 절초를 펼치던 원로는 죽는다.

누군가 절망 어린 신음성을 내었다.

"이, 이렇게 빠를 수가!"

"본좌를 너무 우습게 보는군."

낮은 홍소를 흘린 유령신마는 과연이라는 말이 나올 정도로 대단했다.

저런 귀신같은 신법을 가지고 있었으니, 이곳에 아무도 모르게 잠입한 거겠지.

원로들의 낯빛이 창백해졌다.

유령신마의 무공은 생각보다 더욱 대단했고, 심계도 그에 못지않았다. 분위기를 휘어잡을 줄도 알았다. 살기를 품어내는 동시에 경거망동하지 못하도록 켁켁 거리는 원로의 목줄을 쥐고 있었다.

"서, 설화를…… 끄륵."

목을 잡혀 게거품을 물던 원로가 애원하는 눈망울로 다른 원로들을 바라봤다.

모용세가의 원로들은 그 뜻을 알아차렸다. 적어도 모용설화만은 빼내야 한다. 유령신마의 손에 넘어가서는 안 됐다. 목숨을 초개처럼 버리는 한이 있어도 말이다.

"……!"

모용설화의 꽉 쥔 주먹이 바르르 떨렸다. 원로들의 눈빛과 이어진 전음 때문이었다.

─이 늙은이들이 목숨을 다해 막을 테니 도망가거라.

─가주의 병세를 알리지 않기 위해 호위를 물린 게 이런 사달을 불러왔구나. 이 한심한 노부들은 걱정 말고 도망가거라. 너만이라도 꼭 살아야 한다.

─뒤도 돌아보지 않고, 뛰어야 한다. 가주는 어떻게든 우리가 지켜보마.

원로들의 전음에 모용설화는 눈물을 흘렸다. 유령신마의 무공을 보건대 몰살당할 게 뻔했다.

유령신마는 어떤 전음이 오고 갈지 예상했는지, 조소를 흘렸다.

"본좌가 우습게 보여도 한참 우습게 보였어. 아까도 말했듯이 모두……!"

"살려주겠소."

유령신마는 말을 멈췄다. 제 말을 가로챈 낭랑한 음성이었다.

"어떤 놈이냐!"

라고 물을 것도 없었다.

모용설화의 봉목에 뿌연 수막이 어렸고, 작약 같은 입술이 반가움을 담아 외쳤다.

"준경 오라버니!"

3

갑작스런 불청객의 등장에 유령신마는 평온한 신색을 유지했지만, 내심 놀랐다. 상대에게서 풍기는 기도가 만만치 않아서다. 생각해보니 기척도 가까운 거리에 도착해서야 느낄 수 있었다.

그런데 난입한 이는 청년이다. 약관을 겨우 넘긴 걸로

보였다.

유령신마가 불신 어린 목소리로 물었다.

"네놈이 모용준경이라고?"

"그렇소, 노선배."

예의와 정중함을 갖춘 청년의 눈동자에 흐르는 정광이 말해줬다. 신교의 정보망에 오점이 생겼음을.

"그럴 리가 없다. 최절정은커녕 절정 중반에도 이르지 못한 애송이로 들었는데, 이건!"

유령신마는 뒷말을 삼켰다. 상대인 모용준경은 감히 자신을 앞에 두고도 여유를 가지고 있었다. 자세는 한점의 흔들림도 없어 보였다.

감히 초절정고수인 유령신마를 상대로 말이다.

모용세가 원로들의 주름진 얼굴에 벅찬 감정이 역력했다. 유령신마의 말로 미루어 짐작하건대, 드디어 모용세가에도 초절정 무인이 등장한 것이다. 환갑에 이른 모용선도 밟지 못한 경지를 어린 모용준경이 밟은 것이다.

부들부들.

두 손을 꽉 쥔 모용설화도 그걸 눈치챘다. 오라버니의 기도가 대해처럼 깊고 잔잔했기 때문이었다.

초절정고수인 유령신마를 두고도 저런 기도를 유지한다는 건, 최소한 같은 경지임을 말해주는 증거였다.

"오, 오라버니."

감동이 물결치는 벅찬 가슴에 모용설화는 눈물을 하염없이 흘렸다.

모용준경은 모용설화에게 잔잔한 미소를 지어줬다.

유령신마가 싸늘히 읊조렸다.

"감히 본좌를 앞에 두고 딴 곳을 보는 여유가 마음에 들지 않는군."

"그에 대해선 심심한 사과의 말씀을 드리겠소. 말학 후배의 결례를 노선배의 넓은 아량으로 이해해주시오. 그리고 더는 좋게 이야기를 나눌 상황은 아닌 듯하니……."

"하니?"

"자리를 옮기는 게 어떻겠소?"

"이런 시건방진 놈을 봤나."

모용준경의 제안에 유령신마는 누런 이를 드러냈다. 폭풍 같은 기세가 내실을 장악했다.

모두가 경악했다.

그럼에도 모용준경의 신색은 여전히 평화로웠다.

휘익!

순식간에 모용준경 앞에 유령신마의 신형이 나타났다.

퍼어엉!

독문장법 탈명장으로 모용준경의 가슴팍을 때렸다.

가슴팍에 닿는 찰나의 순간!

모용준경은 이미 장력이 미치는 범위 밖으로 신법을 밟았다.

"감히 어딜!"

유령신마가 변초를 발휘해 쏘아낸 탈명장을 꺾었다.

흐우우우!

꺾인 탈명장이 그대로 모용준경의 어깨를 때리려 했다.

모용준경은 그 괴이신랄한 변초에 표정을 굳혔다. 빠르게 한 손을 들었다.

그걸 본 유령신마는 속으로 지랄한다며 욕했다. 탈명장을 한 손으로 받는 오만방자함을 한껏 비웃어주고 싶었는데.

퍼어엉!

모용준경이 펼친 장력이 탈명장을 막아냈다. 그것도 아무런 거리낌도 없이 손쉽게.

"이럴 수가!"

탈명장의 위력을 누구보다 잘 아는 유령신마는 밀어닥치는 반탄력에 반걸음 물러섰다.

모용준경이 정말 한 손으로 막아낼 줄은 꿈에도 몰랐다.

스스슥.

세 걸음을 물러나서야 여력을 해소시킨 모용준경의 눈빛이 살짝 변했다.

"썩어도 준치라더니, 과연 노선배의 내공은 절륜하오. 하지만 그 절륜한 내공에 품성은 따라가지 못하는 것 같소만."

"허어, 이놈이."

칭찬인지 조롱인지, 분간 못 하기엔 유령신마는 교활한 자였다. 비록 내공의 우위를 점하긴 했지만, 그건 세월이 준 차이였다.

거기다 모용준경은 한 손으로 탈명장을 막았고, 아무런 피해를 보지도 않았다.

이젠 정말 인정해야 했다.

"설마 제 아비도 넘지 못한 초절정에 이르렀다니, 믿기지 않는군."

유령신마가 빠드득 이를 갈자, 원로들과 모용설화는 희열을 느꼈다. 고수가 고수를 알아보는 법이었다. 이보다 확실한 증거는 없다.

모용준경은 초절정 무인이 맞았다.

그것도 삼십도 안 된 나이에 초절정에 오르고만 전무후무한 하늘이 내린 천재.

유령신마는 곤혹스러움을 감추지 못했다. 일흔을 훌쩍 넘긴 자신도 불과 몇 년 전에 오른 경지였는데, 머리에 피도 안 마른 애송이가 초절정의 경지에 이르렀단다.

말도 안 됐다.

모래알처럼 기인이사가 많다는 강호에서도 두 눈 씻고도 찾아볼 수 없는 기사.

천 년에 한 번 나올까 말까 한 무골로 이름난 소교주도 아직 오르지 못한 나무이거늘.

"뭔가 착오가 있거나 아님, 강호에 다시 없을 기연을 만났나 보군."

유령신마가 신중한 태도로 기수식을 취했다.

모용준경은 마주 기수식을 취하며 쓸쓸히 읊조렸다.

"그렇소. 죽어서도 아니, 골백번을 죽고 죽어도 절대로 갚지 못할 은혜를 받았소."

"흠, 받았다? 누군가 내공을 네게 전해줬다는 거군. 하지만 격체전이 대법으로도 오르지 못하는 게 초절정이란 경지다. 뭔가 더 있을 것 같군."

유령신마가 의구심 섞인 시선으로 바라봤다. 저 괴물 같은 애송이 놈이 거짓말을 한다고 여겼다.

원로들도 유령신마의 반응과 대동소이했다.

"……!"

모용설화만이 한 방 맞은 얼굴로 모용준경을 바라봤다.

마침 모용준경도 쓴웃음을 지어줬다.

설화, 네가 생각하는 그게 옳다는 듯이.

모용설화의 봉목에서 눈물이 뚝뚝 떨어져 내렸다.

유령신마가 대소를 터트렸다.

"허허, 본좌를 농락하는군. 뭐, 아무래도 좋다. 무림맹에 혜성처럼 등장한 신진고수는 나타난 것보다 빠르게 없

어질 테니까 말이다. 독고월이란 놈처럼 네놈도 사라져줘
야겠다."

"……."

모용준경은 유령신마의 말을 곱씹었다.

역시나 마교는 무림맹의 발표대로 독고월과 남궁일을
동일시하지 않았다. 남궁일과 동일인물로 보게 되면, 자신
들이 쳐들어온 명분이 없어지기 때문이었다.

마교는 소군과 비강시들을 죽인 건 독고월과 정파가 키
운 비밀세력이라고 공표하지 않았나.

그러니 독고월과 남궁일을 동일시하지 않는 것이다.

둘은 각기 다른 인물이어야 한다. 그렇지 않으면 용봉대
전에서 죽은 남궁일의 존재로 인해, 마교의 발언엔 심각한
허점이 생긴다.

허나 모든 걸 알게 된 모용준경은 나직한 목소리로 일축
했다.

"……독고월 대협의 발끝에도 못 미치는 노선배가 어찌
감히 사라지게 했단 말이오?"

"뭐라!"

유령신마의 볼살이 푸들푸들 떨렸다. 이어진 말에 정곡
을 찔린 탓이다.

"독고월 대협을 노선배가 속한 마교가 마치 해치운 것
처럼 말하는 게 웃겨서 그렇소."

"허어, 이런 시건방진 애송이가 하늘을 몰라뵈고 날뛰는구나. 본좌가 초절정이란 경지에도 수준 차이가 있음을 보여주마."

말이 끝나기 무섭게 유령신마의 장포가 펄럭였다.

바람 한 점 없는 내실에 폭풍이 몰아쳤다.

어마어마한 기세에 원로들의 안색이 변했다. 다급히 내공을 운용해야 할 정도로 유령신마의 기세는 가히 일절이라 불릴만하였다.

원로들과 비교우위에 있는 모용설화도 내공을 운기 했다. 기세도 기세지만, 오라버니의 말 속에 담긴 혼란스러움 때문이었다.

분명 무림맹에선 독고월 공자 아니, 남궁일 숙부의 죽음을 공표했다.

한데 오라버니는 아니라고 한다. 거기다 남궁일 숙부가 아닌 독고월 대협이라고 했다. 두 사람은 동일인물이어야 하는데, 오라버니는 아니란다.

이게 대체 어찌 된 건지 영문을 모르겠다.

모용설화의 복잡한 머릿속을 누구보다 잘 아는 모용준경이었지만, 지금은 그걸 신경 쓸 겨를이 없었다. 유령신마의 신형이 귀신처럼 모용선의 앞에 나타나서다.

유령신마가 처음부터 노린 건 모용선이었다. 대화 도중 방심을 유도해 암살 목적만 이룬 뒤, 떠날 작정이었던 것이다.

"이 비겁한!"

기겁한 원로들이 분분히 몸을 날렸다. 하지만 너무 느렸다. 몸으로 막기도 전에 유령신마의 공격이 먼저 닿을 거다.

모용설화의 가슴이 철렁 내려앉은 그때!

이 자리의 누구보다 빠른 이가 있었다.

휘익!

빛살처럼 날아간 신형의 주인.

덥석.

모용준경이 막 모용선의 천령개를 내리치려는 유령신마의 손을 낚아채려 했다.

하지만 유령신마의 신형이 촛불처럼 훅 꺼졌다.

놀랍게도 그가 나타난 곳은 모용설화의 뒤였다. 모용설화를 납치해가려는 것이다.

"크흑."

하지만 이번에도 실패였다. 유령신마는 얼굴을 일그러트렸다.

쉬익!

날카로운 예기가 모용설화와 유령신마 사이를 가로질렀다.

만약 손을 뻗었다면 그대로 잘렸으리라.

손을 거둔 유령신마가 침음을 흘렸다.

"이, 이놈."

"정말이지 빌어먹을 노괴군."

예의를 거둔 모용준경의 눈빛은 정말이지 살 떨렸다.

시간이 없었다.

유령신마는 갑자기 등장한 초절정고수 모용준경에 계획을 수정했다. 놈을 죽이고자 하면 못할 것도 없었지만, 지금은 그보다 무림맹을 흔드는 게 목적이었다. 그리고 새로이 등장한 신진고수의 존재를 신교에 알려야 했다. 그랬기에 비겁함을 무릅쓰고 모용설화만 납치해갈 작정이었다.

하지만 모용준경의 반응은 상상외였다.

미친 듯이 탈명장을 퍼부으며 물러나게 하려 했지만, 놈은 장력이 미치는 범위를 미꾸라지처럼 빠져나갔다. 거기서 끝이 아니었다.

휘휘휙!

폭풍처럼 몰아치는 검술로 간간이 등골이 오싹해질 반격을 해왔는데.

유령신마는 열심히 피해내다가 이상함을 눈치를 챘다. 그 이상함을 눈치챘을 땐 이미 늦은 뒤였다.

"이런!"

어느새 유령신마는 모용선은 물론이거니와, 모용설화와 원로들을 정면으로 마주 보게 되었다. 즉, 모용준경이 그들을 등지고 벽을 형성한 것이나 다름없었다.

태산처럼 버티고 선 모용준경의 자세.

이 애송이를 뚫고 저들에게 위해를 가하는 건 말도 안 됐다.

목숨을 버릴 각오로 모용선만을 친다면 모를까.

모용설화를 납치해가는 것도 여의치 않았다.

우우웅.

마침 모용준경이 검에 기를 불어넣었다.

엿가락 뽑듯이 쑥 뽑힌 찬란한 검강.

그 엄청난 속도에 유령신마의 눈빛이 흔들렸다. 아까는 그래도 만만한 애송이로 보였다면, 지금은 호적수를 앞에 둔 것만 같았다.

"기분 탓이겠지."

애써 자위한 유령신마였지만, 내심 긴장했다. 적어도 모용준경만은 얕보아선 안 됨을 그의 촉이 말해줬다.

솔직히 자신이 없었다.

유령 같은 그의 신법으로도 무리일 것 같았다.

"어떻게 할 테냐? 노괴가 벌인 소란 덕에 이제 세가의 정예 무인들이 몰려올 터. 과연 노괴가 여기서 살아나갈 순 있을 성 싶으냐?"

모용준경의 비아냥거림에 유령신마는 하마터면 격분할 뻔했다. 하지만 오랜 연륜이 준 경각심 덕에 참아낼 수 있었다. 지금 놈의 도발에 넘어가 공격하면 마지막으로 빠져나갈 구멍조차 없어지게 됐다.

"이놈이."

분한 감정을 곱씹은 유령신마는 한 걸음 물러섰다. 참으로 공교롭게도 그가 물러선 위치는 문쪽이었다.

"……네놈만은 반드시 본좌가 죽여주마."

"얼마든지."

살벌한 협박에도 모용준경은 여유로웠다. 그 이죽대는 표정을 옆에서 본 모용설화의 눈이 커졌다. 마치 독고월을 보는 것 같아서다.

스스스!

유령신마의 신형이 신기루처럼 사라졌다.

놀랍게도 그가 그냥 물러난 것이었다. 그 대단한 마교의 장로이자 초고수인 유령신마가 모용준경을 어찌해보지 못하고 빈손으로 간 거다.

"준경 아니, 소가주!"

"허, 허허!"

"정말 소가주가 맞는 건가! 이 늙은이가 꿈을 꾸는 건 아니겠지!"

원로들의 주름진 노안에 기쁨이 서렸다. 감격에 겨워 눈물마저 흘리는 원로도 있었다. 다들 다가와 모용준경을 얼싸 안았다.

드디어 모용세가를 이끌 아니, 이 무림맹을 이끌 초고수가 등장했다.

그것도 자신들이 어려서부터 귀여워하던 모용준경 아니던가.

걸출한 인중룡인 모용준경이 이렇게 이른 나이에 초절정에 오를 줄이야.

원로들이 뛸 듯이 기뻐하는 건 당연했다.

인품이면 인품, 실력이면 실력. 어느 하나 빠지지 않는 인물이 소가주였다.

마교의 침공을 받은 위기상황에 혜성처럼 등장한 신진 고수를 보는 원로는 물론, 뒤이어 도착한 세가의 정예 병력들도 제 일처럼 기뻐했다. 엉망이 된 내실을 발견하고, 원로들에게 자초지종을 들은 덕분이었다.

유령신마란 말에 기함할 새도 없었고, 성동격서에 속은 것에 자책감을 가질 새도 없었다.

드디어 무림맹에, 모용세가에서 초절정 무인이 등장한 것이다.

"만세!"

"소가주님, 만세!"

"모용세가 만세!"

세가의 무인들이 서로 얼싸안고 기뻐했다.

모용준경의 시선은 그 환호 속에서 인사불성인 모용선을 지그시 바라봤다. 그리고 입술을 피가 나도록 깨물었다.

지금은 내부결속을 다져서 마교의 침공을 막아낼 때였다.

과오는 잠시 묻어둬야 한다.

모용준경은 회한 어린 한숨과 함께 걸음을 옮겼다.

그 한 걸음, 한 걸음에도 모두의 시선이 집중됐다.

이제부터 시작이었다.

第 7 章.

第 7 章.

1

한 달이 지났다.

마교가 파죽지세로 밀고 들어온 덕에 무림맹은 거듭 밀렸다.

신기수사(神機秀士)로 이름난 제갈현군의 귀계로 버티는 데도 한계가 있는 것이다. 북리세가와 같은 구대세가가 힘을 보태면 버티는 게 가능하지만, 그들은 아직까지 배짱을 튕기는 중이었다.

"구대세가의 가주를 풀어주기 전까진 어떠한 협조도 없을 것이요."

그들이 보내온 공식적인 입장이었다. 무림맹이 처한 전황을 이용한 압박 아니, 협박이었다.

그 서신을 받은 제갈현군이 머리끝까지 분노하는 건 당연했다.

세가의 이익만 생각하는 게 요즘 정파 강호라지만, 해도 해도 너무했다.

응당 잘못했으면, 그 대가와 책임을 다하는 법이다. 하나 이들은 그 책임과 대가를 회피하며 오히려 사면하라고 요구한다.

세상에 이럴 순 없는 것이다.

그래도 양심이 있다면 백의종군하는 심정으로 구대세가가 가세할 줄 알았다.

그건 제갈현군의 순진한 생각이었다. 그들은 작금의 전황을 빌미로 어떻게든 유리한 고지에 서보려고 애를 썼다. 가주들의 사면이 유일한 해결책이라는 듯이 말이다. 지금 이 순간 무림맹의 젊은 청년들이 마교의 진격 아래 짓밟히는 중인데도.

해서 제갈현군은 병력의 열세를 극복하기 위해 분산된 무림맹의 전력을 하나로 모았다. 그렇지 않고서는 이 총체적인 난국을 타개할 방법이 없었다.

각개격파를 당하느니 차라리 병력을 한곳으로 모아 수성을 하는 게 유일한 계책이었다. 무림맹의 주요거점이 점령당하는 수모는 잠시 참으면 되었다.

아무리 마교가 막장이라 해도 거점의 양민까지 죽이진

않으리라.

그랬다간 황궁이 끼어들 빌미를 제공하는 거였기에, 마교는 양민의 피해는 최소화하면서 무림맹을 궁지로 몰아넣는 중이다.

목줄을 죄어오듯이 아주 서서히.

제갈현군은 자의 반, 타의 반으로 몰린 전황을 보며 골머리를 앓았다. 이런 와중에도 구대세가에서 보낸 전령들은 배짱만 튕겨댔다.

"군사님, 왜 이리 답답하게 구시는 겁니까? 가주들을 사면하는 즉시 구대세가는 총력을 다해 도울 것인데. 어찌 이리 앞뒤 꽉꽉 막힌 사람처럼 구시느냔 말이요."

이젠 대놓고 요구하며 떠나기까지 한다. 목에 힘까지 주면서 말이다. 무림맹의 권위가 땅에 떨어진 증거였다. 승냥이 같은 이들이 이 절호의 기회를 놓칠 리가 만무했다.

그들에겐 마교의 총공세가 유일한 구원 줄이나 다름없었다.

허나 아니 될 말이었다.

자그마치 인의무적 남궁일 대협이 죽은 사건이다. 만약 가주들을 사면하게 되면 정파 강호는 말 그대로 모래알처럼 흩어지게 될 것이다.

무엇보다 가장 많은 희생을 내고 있는 남궁세가를 볼 낯이 없게 된다.

강호인의 공분을 사는 건 물론, 무림맹의 존재의의 자체가 사라질지도 몰랐다.

사상누각(砂上樓閣).

무림맹이 이렇게 기초가 약하여 오래 버티지 못할 줄 누가 알았겠는가.

제갈현군은 골머리를 싸맸다.

무림맹의 원로들도 백방으로 뛰어다니며 정파, 하다못해 중립 방파들의 참전을 이끌어내려고 부단히 애썼다.

그러나 상황을 보고 있는 중립 방파들이 나설 리가 만무했다. 오히려 참전했다가 닥칠 마교의 보복을 두려워하였다.

이미 암묵적으로 도왔다가 마교에게 싸그리 몰살당한 문파도 있었다.

그러니 그들이 택한 방법은 쥐죽은 듯이 봉문하는 것이었다.

그럴수록 구대세가의 발언권은 점점 커졌다.

제갈현군이야 절대 불가란 방침이나, 내부의 목소리는 구대세가 쪽으로 기울어지는 상황이다.

마교와의 일전을 앞두고 국면은 최악으로 치달았다.

모용세가에 보냈던 약왕전주도 시체로 돌아왔다.

흉수는 암살로 악명높은 유령신마였고, 모용선은 차도가 없었다.

제갈현군이 식음을 전폐할만한 상황이었다.

하지만 누군가 그랬다.

인간 만사 새옹지마라고.

좋은 일이 있으면 나쁜 일도 있고, 나쁜 일이 있으면 좋은 일도 있었다. 그 누구도 길흉화복을 예측할 수 없는 게 세상사였다.

"지금, 뭐라고 했는가!"

탁!

잔뜩 흥분한 제갈현군이 전황지도가 놓인 탁자를 내리쳤다. 분노해서가 아니었다. 그의 눈빛엔 놀랍게도 희망이 어리기 시작했다.

상기된 얼굴을 한 전령이 전한 소식이 원인이다.

"모용세가 쪽에서 방어에 필요한 최소한의 병력만 남겨두고, 참전하겠다는 뜻을 보냈습니다. 그리고……."

"그리고? 혹 모용선 대협께서 차도를 보인 겐가?"

잔뜩 기대되는 눈빛을 한 제갈현군은 평소의 그답지 않게 채근까지 했다.

전령으로 온 모용세가의 무인이 자부심 어린 표정으로 보아 희소식임은 분명했다.

"어서 뜸들이지 말고 말하게!"

제갈현군은 그 소식이 뭔지 자못 궁금해졌다. 세가의 전력 대부분을 내놓는 것보다, 더 좋은 소식이 뭘지 말이다.

곧 제갈현군은 군사의 체면도 잊고, 환호성을 터트리고 말았다. 아무리 강호에서 기인이사가 많다지만, 그조차도 말도 안 되는 일이라고 여긴 일이 벌어진 것이다.

"모용세가의 모용준경 소가주께서 초절정의 벽을 허물었습니다."

"그, 그게 정녕 사실인가!"

목소리는 물론, 제갈현군의 미염까지 잘게 흔들렸다.

절정 중의 절정인 최절정고수는 많아도, 그보다 앞선 초절정의 벽을 허문 이는 북리천극 외엔 없었다. 마교에게 얕잡아 보일 순 싫어 최절정 무인을 초절정고수로 포장해 공표한 이가 바로 제갈현군이었다.

한데 전령이 벌게진 얼굴로 외친 말은 도저히 믿기 힘들었다.

"네! 약왕전주님을 시해하고, 모용선 가주까지 죽이려던 유령신마가 직접 말한 내용이니 틀림없습니다!"

초절정고수인 유령신마.

적인 그가 인정했다면, 두말할 것도 없었다.

정말 모용준경이 초절정에 오르지 않았다면, 그에게서 살아남지 못했을 테니까.

제갈현군이 체면도 잊고 박장대소를 터트렸다. 모용세가의 참전도 기쁘지만, 그보다 더 기쁜 건 초절정의 벽을 허문 젊은 청년 무인의 등장이었다.

"정녕 강호의 홍복이로다!"

그렇지 않아도 마교에 비해 고수의 수가 적어 밀리고 있는 형국이다. 구대세가의 고수들이 참전을 거부한 까닭이었다.

한데 이런 와중에 등장한 초절정의 벽을 허문 무인이라니.

그것도 서른도 안 되는 새파란 젊은이가 이룩한 쾌거다.

제갈현군은 이 엄청난 패를 어떻게 쓸지 잘 알았다. 사기진작은 당연하고, 눈치 보고 있던 중립방파를 끌어들일 수도 있었다. 신명 난 목소리로 옆에서 대기하고 있는 수하를 향해 외쳤다.

"당장 구대세가에 공문을 띄우게!"

"네, 하명하십시오."

절도 있는 태도로 받은 수하를 보며 제갈현군이 여우 같은 눈동자를 빛냈다.

"모용세가의 참전과 모용준경 소가주의 소식을 알린 뒤, 이렇게 전하게. 사흘 말미를 주겠다고."

"하면."

"만약 이번에도 참전하지 않으면, 구대 세가주들에게 죄를 물어 예정대로 무공의 폐형(閉刑)을 시행하게 될 거고, 뇌옥에 들어갈 거라고."

그야말로 초강수였다.

옆에서 기록하던 서기관마저 그래도 되냐는 듯이 쳐다봤다.

제갈현군은 걱정하지 말라는 듯이 서기관과 수하들을 돌아봤다.

"본 군사가 장담하건대, 그들은 참전 아니, 백의종군할 수밖에 없을 것이네. 하늘이 내린 용, 모용준경의 가세로 전황은 급변하게 될 것이니."

옛말에 하늘이 무너져서 솟아날 구멍이 있다고 했다.

잠시 숨을 돌린 제갈현군은 모용준경의 존재를 통해 전략을 세우느라 여념이 없었고.

전령들은 작성된 서신을 서기관에서 받고, 구대세가로 떠났다.

제갈현군은 정말이지 오랜만에 기꺼운 심정으로 전략을 짜고 있었다.

무림맹의 반격은 이제부터였다.

2

독고월은 기다렸다.

흑야가 전면으로 나서는 순간을 말이다.

지금 국면은 서로 눈치를 보며 소강상태에 잠시 접어들었다.

모용준경의 존재와 흡수한 거점을 병탄하려는 마교의 움직임 덕분이었다.

현재 무림맹의 관할 지역은 십 분지 삼으로 줄어들었다.

공격일변도인 마교 입장에서는 그대로 진격하려고 했지만, 정파의 저력은 의외로 대단했다.

은거기인들의 참전과 초절정에 이른 모용준경과 모용세가, 그리고 신기수사 제갈현군의 신묘한 계략이 빚어낸 합작품이었다.

구대세가의 병력도 반강제로 끌려나오긴 했지만, 주로 방어와 보급 쪽에서 힘썼다. 그나마 그것도 있는 대로 생색을 내며 뭔가 이득을 취하려고 했지만, 제갈현군에 의해 저지당했다. 거기다 제갈현군에게 보급이란 명목으로 재산을 착취당하고 있었다.

그들이 그간 쌓아놓은 가산을 절반 이상 탕진시킨 것도 제갈현군의 작품이었다.

반발이 많았지만, 대세는 이미 제갈현군과 무림맹의 원로들에게 있었다.

제갈세가를 필두로 모용세가와 남궁세가, 서문세가가 물심양면으로 모든 걸 내려놓은 덕분이다.

강호는 숭고한 의무를 다하는 그들, 사대세가를 칭송해 마지않았다.

그리고 이건 구대세가에게 압박이 되었다. 가진 걸 토해
내는 수밖에 없을 정도였다. 마교의 침략에 맞서는 대의명
분 아래에선, 도저히 대응할 방법이 없었다.

제갈현군은 그들이 은닉 해놓은 재산을 귀신같이 찾아
냈고, 전쟁물자로 징발해버렸다. 대의명분이 제 손에 있으
니 그들의 사정 따윈 추호도 봐주지 않았다.

마교와의 총력전을 앞둔 것을 전가의 보도처럼 휘둘러
구대세가의 재산을 남김없이 징발해버렸다.

만약 이대로 전쟁이 계속되면 그들의 재산은 삼분지 일
로 줄어들 거고, 예전의 성세를 찾는 건 다신 힘들지도 몰
랐다.

"인과응보라고."

모든 상황을 앵무새처럼 떠들어주던 가해월의 총평이었
다.

그녀로부터 전황을 들은 독고월은 피식 웃었다.

가해월의 뾰족한 눈빛이 와 닿았다.

"언제까지 지켜만 보고 있을 건데?"

"……."

독고월은 대답 대신 철궤 만을 만지작거렸다.

가해월은 아련해진 눈빛으로 그걸 바라봤다.

저 철궤는 제자년의 할애비.

천기자의 유품이었다.

독고월도 그녀에게서 들어 알게 된 사실이다.

"철궤의 비밀을 풀면, 나서지 말래도 나설 생각이지."

그러면서 가해월을 넌지시 바라봤다. 네 능력으로도 어떻게 안 되겠느냐는 눈빛이었다.

가해월은 고개를 슬쩍 돌렸다.

"꽉 막힌 고년의 할애비 속내처럼 천안통으론 보이질 않아."

"여는 건?"

"고걸 열 수 있었다면, 본녀가 이리 독수공방을 하고 있진 않았겠지."

사람의 마음을 빗대어서 말하는 가해월에 독고월은 쓴웃음을 지었다.

가해월이 풀 수 없다면, 그녀가 짐작할 수도 없는 고도의 술법으로 잠겼다는 것인데.

힘으로도, 머리로도 안 되는 이걸 어찌해야 할까.

독고월은 직감적으로 느꼈다.

이 철궤 안에 담긴 무언가가 강호의 위기를 해결할 실마리가 되어줄 거란 걸.

뭐가 담겨 있기에 천기자는 이걸 철궤 안에 봉해놨을까.

독고월은 곰곰이 생각해봤다. 여러 가지 가능성 중 한 가지가 머릿속을 스쳐 지나갔지만, 속을 보지 못했으니 가정일 뿐이었다.

"흐음, 좀 복잡하군."

"머릿속이 복잡하지? 마음도 뒤숭숭하고 말이야. 그럴 땐 운우지락이 최고야."

가해월이 은근슬쩍 제 머리를 독고월의 어깨에 기대왔다.

틈만 나면 기회를 엿보는 고양이처럼 구는 가해월이었다.

독고월은 그녀의 머리를 어깨의 튕김으로 쳐냈다.

"아, 정말!"

튕겨 나간 가해월이 앙칼진 눈을 해 보였다. 이어진 독고월의 질책 때문이었다.

"부끄러운 줄 알아야지."

"뭐가!"

"주위를 좀 보지?"

찌릿!

가해월이 핏발 선 눈으로 주위를 둘러보자, 분분히 시선을 피하는 사람들이 있었다.

화전민촌 사람들은 아니었다. 그들은 가해월의 환술진에 의해 모종의 장소에 감춰진 상태였다. 사야가 없는 마당이니 그들을 찾아낼 수 있는 사람은 없었다.

독고월과 그녀가 있는 곳도 고산의 화전민촌이 아니었다.

고산에서 머지않은 객잔이었다.

그 객잔의 손님들 속에 낯익은 이가 있었다.

"소저께선 참으로 대담한 분이오. 하지만 그런 대담함! 정말이지 아름답소."

늙수그레한 목소리의 주인은 신투 구도였다. 독고월에 의해 뇌옥을 탈출한 그 말이다. 한데 그 몽롱한 주름진 얼굴에 가해월은 표독스레 노려봤다.

"언제 봤다고, 소저야? 그리고 본녀가 먼저 말 걸지 말랬지? 나이를 처먹어서 귀 구멍이라도 막혔나, 이 늙어빠진 도적놈아?"

"그렇소, 본인은 늙어빠졌지만 사랑 앞에선 자다가도 벌떡 일어나는 도적이오. 혹 기억나시오? 소저와 함께 그 삼엄한 무림맹에 잠입하며 보냈던 나날들을? 우린 천생연분이요. 그렇지 않고서는 그 엄청난 위험 속에서 무사히 살아 돌아오기란 요원한 일이니, 난 아직 기억하오! 소저가 아니었다면 감히 무림맹을 털어볼 담력은 있어도, 살아 돌아올 생각은 꿈도 꾸지 못했을 것을! 아아, 아직도 그때만 생각하면 오금이 저리고, 입에서 단내가 난다오."

열변을 토하는 구도에 가해월은 질색했다.

"그러니까 닥쳐! 냄새나니까."

"소저는 말년에 만난 이 구도의 홍복이요. 이제 그만 내 마음을 받아주시구려."

구도는 누런 이를 드러내며 고백했다.

가해월이 아악! 소리 지르며 머리를 쥐어뜯었다.

"꺼져, 꺼져 버리라구!"

구도는 두 눈을 감으며 고개를 저었다.

"사랑이란 바람 앞의 등불처럼 위태로운 맛이 있어야 한다지만, 소저를 잠시 떠났던 지난한 시간은 정말이지 다신! 겪고 싶지 않구려. 내 죽는 한이 있어도 이젠 당신 곁에만 있겠소."

"윽, 역겨워!"

가해월은 소름이 돋아 닭살이 인 팔뚝을 바라봤다.

정말 이러다 닭이라도 되겠다.

"이 늙은인 왜 이곳에 있는 건데!"

"뒤늦게 사랑에 빠졌다는 늙은 도적에게 꽃향기가 너무 향기로웠나 보지."

독고월의 말에 가해월은 두 눈에 쌍심지를 켰다.

"상공은 좋아도, 이런 날파리는 사양이라고! 이 늙은이 당장 돌려보내! 이젠 쓸모도 없고 말이지."

충격받고도 남을 말이었는데, 구도는 조금도 신경 쓰지 않았다. 오직 가해월을 눈에 담는 것만이 지상 명제인 듯 뜨겁게 쳐다봤다.

가해월의 표정이 뜨악해졌다.

그걸 본 독고월은 드물게 쿡쿡댔다.

"잘 어울리네. 나이도 비슷하고 말이지. 잘해봐, 노친네들끼리."

"고맙네, 공자! 내 임자를 무슨 일이 있어도 반드시 행복하게 해주리다!"

기꺼운 마음으로 포권까지 한 구도에 가해월은 따귀를 날리고 말았다.

짝!

"누가 네 임자야!"

가해월의 격한 반응에도 구도는 벌게진 제 뺨을 감싸며 중얼거렸다.

"역시 매력 있어."

3

기겁하며 도망간 가해월을 쫓아가려던 구도를 붙잡아 앉힌 독고월이었다.

"뭐, 공자도 예상했다시피 그 악랄한 제갈현군 늙은이는 어느 정도 짐작하고 있다네."

그리 말한 구도는 가해월이 사라진 방향을 하염없이 바라봤다.

마른 고목에도 꽃은 핀다고.

구도는 춘풍을 정면으로 맞은 얼굴을 했다.

한 마디로 넋 빠진 표정이겠다.

"그렇군, 신기수사로 이름난 여우니. 곧이곧대로 믿을 리가 없지. 한데 나는 어떻게 찾아왔지?"

"……."

구도는 독고월의 물음에 누런 이로 웃었다.

"꽃향기가 만 리 밖에서도 진동하는데 어찌 안 찾아오겠는가?"

"개소리!"

"목소리도 가히 꾀꼬리지 아니한가."

어디선가 들려오는 앙칼진 외침에 구도의 엉덩이가 들썩였다. 당장에라도 그 외침이 들려온 곳으로 가고 싶은 모양이었다.

당연히 독고월이 허락할 리 없었다. 독고월은 실소를 흘렸다.

"만리추종향을 가해월에게 묻혀놓았군."

"본래 천생연분에게 그딴 건 필요 없지만, 소저가 워낙 신출귀행하니 어쩔 수가 없었다네. 그녀의 황홀한 체향에 어울리는 환술은 내 추적술로도 도저히 쫓을 수가 없을 정도라, 부득이하게 내 사랑을 묻혀놓았지."

"아악!"

어디선가 들려오는 비명에 구도의 엉덩이가 의자에서 반쯤 들렸다. 당장에라도 그녀의 얼굴을 보러 가고 싶은 모양새다.

독고월은 고개를 끄덕이고는 철궤를 구도 앞으로 밀어
줬다.

놀랍게도 떼어졌던 구도의 궁둥이가 도로 붙었다.

"이 괴상한 물건은 뭔가?"

"갑잖은 연극은 관두지."

"……."

구도는 영문을 모르겠다는 듯이 시치미를 뚝 뗐지만, 독
고월은 어느 정도 예상하고 있었다.

"이거 여는 방법 알아와."

"허허."

다짜고짜 내린 명에 구도는 헛웃음을 쳤다. 가자미 눈으
로 독고월을 노려봤다.

"부려 먹어도 너무 부려 먹는군. 노부가 자네의 충견도
아니고, 하라고 하면 해야 하나?"

"은혜를 베풀었으니 갚아야지."

무공을 되찾게 해준 걸 말하는 것이었다.

구도는 낮게 코웃음을 치고는 철궤를 다시 독고월을 향
해 살짝 밀었다.

"말이 나와서 말이네. 자네 정체가 대체 뭔가?"

"그게 중요해?"

"중요하네. 노부가 자네에게 협조적이냐, 적대적이냐는

정체에 달려있으니깐!"

구도는 어느 정도 독고월의 정체를 짐작하고 있었다. 눈 앞에서 차가운 눈을 한 청년의 외모가 자신이 기억하고 있는 빌어먹을 놈과 너무도 흡사했다. 그리고 세간에 퍼진 소문은 거기에 없던 살도 덧붙여줬다.

"노부가 그 씹어먹어도 시원찮을 놈 때문에 당했던 수모를 생각하면 자다가도 이가 갈린다네."

"씹어먹을 이도 없으면서 갈긴 개뿔."

"갈!"

구도가 벌게진 얼굴로 일갈했다. 하지만 정곡을 찔린 듯이 광대 부근은 붉게 물들어 있었다. 누가 들을세라 열심히 변명까지 했다.

"오랜 세월을 볕이 없는 어두운 곳에 있어서 좀 부실해져서 그렇지. 조만간 제모습을 찾고도 남음이지. 암, 그렇고말고!"

"하! 웃기셔! 없던 이도 생기게 하는 재주가 어딨다고! 뭐, 개 이빨이라도 박으시게?"

"소, 소저!"

가해월의 비아냥거림에 구도는 울상이 되었다. 몰라도 되는 약점을 들킨 사람처럼 독고월을 노려봤다. 급격한 감정변화였다.

"대답 여하에 따라 협조하려 했지만, 건방진 네놈과는

끝장이다! 그렇지 않아도 노부가 세상에서 제일 증오하는 놈과 닮아서 가뜩이나 마음에 안 들었는데 잘됐어. 내 무슨 일이 있어도 네놈과 협조는 하지 않을 것이다, 이 씹어…… 갈아먹어도 시원찮을 놈아!"

"……."

독고월은 벌떡 일어난 채 씩씩거리는 구도를 향해 짤막하게 말했다.

"앉아."

"싫다, 이놈아! 어디 노부에게 앉으라 마라야. 네놈이 아무리 강하다고 해도 이 노부를 잡을 수 있을 것 같으냐? 이런 시건방진 놈. 에잇, 퉤!"

파앙!

말이 끝나기 무섭게 자리를 박찬 구도.

신투라는 별호에 어울리게 구도의 신형은 잔상과 함께 이미 십 리 밖으로 사라졌다.

"앗!"

경악 어린 외침은 가해월의 것이었다. 먼발치에서 지켜보던 가해월의 눈에 철궤가 사라진 게 보여서다. 누가 가져갔는지 말할 것도 없었다.

"그 좀도둑이……!"

막 독고월에게 알려주려고 고개를 빼꼼히 내민 가해월이었는데.

벌린 입을 다물 수가 없었다.

한 줄기 미풍과 함께.

누군가 자리에 도로 앉혀져 있었다. 놀랍게도 구도였는데, 벌게진 뺨과 퉁방울만 하게 불거진 눈동자가 참으로 볼만하였다.

"미, 믿을 수 없다. 어찌 네놈이!"

더듬대며 말하는 구도의 시선은 평온한 신색으로 앉아 있는 독고월에게로 향해 있었다.

가해월은 그걸 통해 어렵지 않게 유추해냈다.

독고월이 귀신같은 경공술로 이름난 구도를 다시 데리고 왔음을.

거기다 뺨에 새겨진 손자국.

누가 봐도 독고월의 손자국이었다.

"역시 좀도둑이라 손버릇이 나쁘군. 또 도망가면 반대쪽에도 새겨주지."

휙!

말이 끝나기 무섭게 구도의 신형은 안개처럼 흐릿해졌다. 아까와 달리 경공술을 극성으로 펼친 동시에 극상승의 은신술까지 펼쳤다.

지금의 구도를 있게 해준 성명절기들.

찰나의 시간에 백 리를 가는 그의 경공술은 가히 일절이었고, 단숨에 자취를 감추는 은신술은 살수 저리 가라 할 정도로 대단했다.

가해월마저도 천안통을 써야 비로써 그 자취 끄트머리를 잡을 수가 있었다.

하지만.

짝!

소리와 함께 구도는 촌각도 안 돼서 도로 앉혀졌다.

어안이 벙벙한 얼굴로 반대쪽 뺨을 부여잡은 구도, 귀신에 홀린 듯한 그 눈동자가 독고월에게로 향했다. 밉살스런 음성이 구도의 귓속을 후벼 팠다.

"내 매력도 죽이지?"

4

철궤를 보는 불퉁한 눈동자가 있었다.

구도는 얼얼한 양쪽 뺨을 두 손으로 감싸고 있었다.

"노인공경은 못 해줄망정, 노인공격을 해대는 후레자식이라고 하면 또 때리겠지. 알았네, 알았으니! 그 손 좀 치워주게나. 농도 안 통하는 꽉 막힌 사람은 아니잖은가?"

"쓸데없는 소린 그쯤하고. 좀도둑, 넌 그냥 내가 묻는 말에만 대답해."

"크흑."

구도는 눈물이 앞을 가리는 걸 느꼈다. 놈이 죽었다는 소식에 쾌재를 부르고 가해월을 찾아온 게 실수다. 혹시나 했지만, 정말 버젓이 살아서 존재할 줄은 꿈에도 몰랐다. 나름의 평정을 가장하고 가해월에게 껄떡거리는 틈을 타 눈앞의 시건방진 놈을 벗어나려고 했지만.

보다시피 대실패.

구도는 미어지는 가슴을 탁탁 소리 나게 쳐댔다.

제갈현군이 남궁일인지, 독고월인지 정체를 알 수 없는 후레자식의 생사를 미심쩍어해도 구도는 믿지 않았다.

정말이지 잘 뒈졌다고 여겼는데, 그게 아니라니!

"아이구, 내 팔자야. 노부가 전생에 얼마나 큰 죄를 지었다고, 이런 역경을 겪게 한단 말이오. 하늘도 무심하시지. 아이고, 어머니!"

두서없는 신세 한탄과 함께 눈물을 뚝뚝 흘려대는 처량한 모습이었다.

독고월과 가해월이 동정을 가질 이유 따윈 없었다. 가해월은 가해월대로, 독고월은 독고월대로 신투 구도를 핍박하고 있었다.

"울지 말고 어서 이 철궤에 대해 읊어봐. 본녀도 천기자 그 늙은이 거란 것만 알지. 속 내용에 대해선 전혀 모르거든. 그러니까 주책 맞게 그만 쳐 울고 말해, 이 정신 나간 늙은이야!"

"……."

가해월은 그나마 양호했다.

"아무래도 나이가 드니 사지가 쑤시는가 보군. 내가 곡소리는 싫어해도, 곡소리 나게 해주는 건 좋아하지."

"……!"

참말로 개 같은 놈이다.

이런 놈을 낳고 좋아했을 부모를 면담하고 싶었지만, 이미 산 사람이 아닐 것이다. 왜 이런 놈을 세상에 내놓았느냐고, 욕이라도 퍼부어주고 싶은 마음은 굴뚝같았다.

때론 생각이 표정으로 표출도 되는 법.

딱!

주름진 이마가 금세 부풀어 오를 정도로 얻어맞은 구도의 고개가 뒤로 젖혀졌다.

"어흑!"

넌 애미애비도 없냐고!

소리치고 싶은 구도였지만, 눈앞의 놈은 정체가 모호해도 남궁일로 추정되는 인물이다. 그래도 과거의 놈은 예는 차려줬는데, 지금의 놈은 숫제 개차반이었다.

천지분간 못 하고 날뛰는 망아지도 이렇진 않으리라.

"이제부턴 두 번 안 말해. 좀도둑이 제 발 저려 찾아온 이유가 정말 가해월 뿐인가?"

"그, 그러네. 가해월 소저는 보는 것만으로 황홀해질 미인이잖은가."

김마저 모락모락 나는 것 같은 아픈 이마를 부여잡은 구도의 대답은 미진했다.

가해월은 눈을 흘겼다. 구도는 싫지만, 독고월 앞에서 듣는 외모 칭찬은 싫지 않았다.

"흥, 보는 눈은 있어가지고."

"이, 이를 말이겠소. 소저."

"……"

헤벌쭉 웃는 구도를 독고월은 가늘어진 눈으로 노려봤다. 입꼬리 한쪽은 자연스레 올라갔다.

"좀도둑이 제 발 저려서 찾아오는 이유는 단 하나지."

"그게 무슨 말인가?"

"제가 훔친 물건의 행방을 알만한 사람."

"……!"

구도는 놀라지 않으려고 애써 노력했지만, 독고월의 눈썰미는 보통이 아니었다. 입심도 그렇고.

"한데 씨도 안 먹힐 헛소리를 해대니 좀 우습군."

"뭐어?"

가해월이 두 눈을 동그랗게 떴다. 독고월이 자신을 가리키며 한 말이 가관이어서다.

"가해월이 다 늙어 이까지 빠진 노친네의 가슴을 두근거

218

리게 할 정도가 아니라는 건, 천하가 다 아는 사실인데……
믿으라고? 차라리 해가 서쪽에서 뜬다는 소릴 믿겠다."

"야 이 상공 놈의 새끼야!"

성난 가해월이 빽 소리 질렀다.

독고월은 들은 척도 안 하고, 철궤를 던졌다.

덥석.

구도는 서둘러 양손으로 그걸 신줏단지 모시듯이 받았
다가, 갈등 때렸다. 그러다 도로 독고월의 앞에 내려놓았
다. 그게 마치 개뼈다귀를 던진 주인에게 도로 갖다 준 모
양새인지라, 구도의 얼굴은 시뻘게졌다. 자존심도 자존심
이지만, 보다 큰 이유는 속내를 들킨 것 같아서였다.

놈은 알고 있다.

구도가 무엇 때문에 가해월을 다시 찾아왔는지 말이다.

천기자와 가장 큰 인연의 끈을 가진 데다, 천안통을 가
진 그녀의 능력을 직접 보지 않았는가.

이 강호에 오직 그녀만이 찾을 수 있는 물건.

철궤.

구도는 독고월의 앞에 놓인 그것에서 겨우 시선을 떼고,
휘파람을 불며 딴청을 피워댔다.

하지만 독고월의 눈은 이미 구도의 속내를 훤히 읽고 있
었다. 아무 관심을 보이지 않을 거면 애초에 이곳으로 찾
아오지 않았을 것이다.

제갈현군이 사면해준다는 감언이설에 넘어가 대충 일하는 척하다가 지금처럼 도망이나 쳐왔겠지.

"휘, 휘이."

어색한 휘파람 소리를 낸 신투 구도는 식은땀만 흘렸다. 그 덕에 축축해진 등을 본 가해월이 재잘댔다.

"왜 그래? 똥 마려운 개처럼 안절부절못하고. 설마 저 상공 놈의 새끼가 한 말이 사실이야?"

모욕적인 언사를 서슴지 않는 가해월, 그녀도 바보가 아니었다. 조금씩 이상함을 눈치채는 중이다. 다른 이유가 있다는 사실에 안도감과 묘한 짜증을 동시에 느낀 터라, 표정이 곱지 않았다.

독고월은 피식 웃고는 기막을 펼쳤다.

지금부터는 아무도 들어선 안 되는 이야기였다. 낮말은 새가 듣고, 밤말은 쥐가 듣는다고 했다. 새어나가서 좋을 말이 아니었다.

"저 철궤, 내가 생각하는 물건이지?"

"다, 당최 무슨 소리인지 모르겠소."

"훗."

독고월은 짧게 코웃음을 치고는 철궤를 들었다. 육도낙월 섬월로도 흠집조차 나지 않는 재질이 뭐가 있을까.

답은 쉽게 나왔다.

"전설의 운철(隕鐵)로 만들어진 이 궤."

"어머!"

가해월이 탄성을 지르며 손뼉을 쳤다. 왜 자신의 천안통으로 안이 보이지 않았는지 이유를 눈치챈 것이다.

"그게 운철로 만든 물건이었어? 어쩐지 안쪽이 안 보인다 했는데, 정말 대단한 물건이었잖아? 값으로 따지기 어려울 정도로 대단히 귀한 건데!"

가해월에겐 내용물 따윈 중요치 않았다. 저 궤의 가치만 따져도 어마어마했기 때문이다.

독고월은 그녀의 탐욕 어린 시선을 무시하고, 구도를 바라봤다. 그리고 심드렁한 태도로 물었다.

"이 안에 있는 거 말이다. 네가 훔친 그 거……."

"무, 무슨 소릴 하는 줄 모르겠군."

청천벽력의 말을 들은 것 마냥 아연실색한 구도는 부정부터 했다. 저도 모르게 침까지 꿀꺽 삼켰다.

"…맞지?"

"그 무슨 객쩍은 소리인가!"

경기라도 일으키는 건 아닐까 싶을 정도로 격한 반응이었다. 당연하게도 구도의 항변은 씨알도 안 먹혔다.

손에 쥔 철궤를 바라본 독고월은 이미 의미심장한 미소를 짓고 있었다.

"재밌어졌어."

第 8 章.

第 8 章.

1

　운철로 만들어진 철궤를 보는 독고월의 눈은 맑고도 깊었다.

　구도는 안절부절못하고 있었다.

　가해월은 의아한 눈으로 독고월을 바라봤다.

　"뭐해? 열지 않고서."

　"어떻게?"

　독고월이 되묻자, 가해월이 배를 잡고 깔깔댔다. 그리고는 독고월의 품에 손을 쑥 집어넣었다.

　독고월은 짜증 내는 대신 잠자코 지켜만 봤다. 가해월의 손이 제 품을 뒤진 연유를 곧 깨달을 수 있었다. 인상이 절로 찌푸려졌다.

"내 가슴을 더듬는 건 이쯤하고."

팟.

독고월이 품에서 가해월의 손을 빼냈다. 그러다 미간을 좁혔다. 싱글벙글 웃고 있는 가해월의 손에 그게 들려 있었다.

"힘으로 열리지 않는다면, 이거 말고 더 있겠어?"

"월혼?"

독고월은 초난희의 비수 월혼에 눈을 크게 떴다. 제법 그럴듯해서다.

가해월은 월혼을 좌우로 까닥이며 휘파람을 불었다.

"고년의 할애비가 얼마나 치밀한 사람인지 알아? 본녀가 아무리 계책을 내서 잠자리에 들어가 대기해도 귀신같이 알아채고 빠져나갈 구멍을 늘 만들어놨지. 자그마치 십 수년간 말이야. 그런 작자가 상공 손에 들어가게 할 물건들을 어디 허투루 쓰이게 하겠어?"

"음."

듣고보니 그랬다.

미래를 보는 기인이사라면 당연히 그럴 만도 하다고 여겼다.

그리고 놓치지 않았다. 구도가 월혼을 보자마자 눈빛에 이채가 흐르는 걸 말이다. 나타난 것보다 빠르게 사라지긴 했지만, 독고월의 눈을 속이기엔 역부족이었다.

"뭘 보는가?"

구도는 썩은 간을 먹은 사람처럼 표정을 구겼다. 기분 나빠서가 아니라, 독고월에게 제 속내를 들킨 것 같아서다.

독고월은 드물게 가해월을 칭찬해줬다.

"개똥도 약에 쓸데가 있다더니, 쓸만해."

"누가 개똥이야!"

졸지에 개똥이 된 가해월이 월혼의 날을 독고월의 목에 대었다. 그 분함은 표정만이 아니라 행동으로 알겠지만, 독고월은 가볍게 월혼을 낚아챘다. 그리고는 철궤에 손을 뻗으려던 구도의 양손을 그대로 내리찍었다.

푹!

"으아아악!"

두 눈을 질끈 감은 구도가 목청이 찢어져라, 내지른 비명에 가해월마저 깜짝 놀랐다.

핏줄기라도 튀어야 하건만.

주책맞게 바르르 떨리는 손가락 한 치 아니, 반의 반 치 앞에 월혼이 꽂혀있었다.

거기서 좀 더 손을 뻗었다면 꼬챙이가 꾀인 것처럼 양손 등을 관통당했으리라.

구도는 파르르 떨리는 양손을 거둬 제 가슴께로 가져갔다. 손이 생명인 좀도둑답게 양손의 무사함에 안도하는 기색이었다.

독고월이 나른한 음성으로 경고했다.

"다음은 경고로 끝나지 않을 거다. 나이 들어 기억력이 나쁜 걸 감안해, 몸소 뼈에 새겨줄 의향이 있긴 하지만."

"아, 아니네. 내 가만히 있겠네! 그저 철궤를 살펴보기 위함이었다네. 정말이지, 암! 그렇고말고."

손사래를 치며 헤실 거리는 구도를 가해월은 미심쩍다는 듯이 바라봤다.

독고월은 피식 웃으며 월혼을 뽑았다. 그리고 철궤를 향해 월혼을 가져갔다.

구도와 가해월의 시선이 자연히 집중됐다.

"서, 섣부른 짓은 말게."

"어떻게 할 거야? 반으로 쪼개게?"

한 명은 말리고, 한 명은 궁금증을 참지 못한 채 물어왔다.

독고월은 월혼을 가져가던 걸 멈췄다. 자리에서 몸을 일으키고는 철궤를 들었다.

구도와 가해월의 시선이 따라 올라왔다.

독고월은 둘을 내려다보며 히죽 웃었다.

"나중을 위한 혼자만의 즐거움으로 남겨두지."

"그게 뭔 소리래!"

"으음."

가해월은 바락 소리 지르며 대들었고, 구도는 우습게도

안도의 한숨을 내쉬었다. 언제고 기회를 엿보겠다는 느낌에 독고월이 덧붙여줬다.

"사는데 팔다리가 필요 없다면 도와는 주지."

"그건 또 무슨 귀신 씨나락 까먹는 소리야? 어서 철궤를 열지 않고서!"

"무, 무슨 농을 그리 무섭게 하는 겐가. 허허!"

둘의 반응이 갈렸다. 가해월은 격앙됐고, 구도는 세상에서 제일 재미없는 농을 들은 사람처럼 어색한 웃음을 흘렸다.

가해월 덕분에 이젠 좀도둑한테 볼일이 없게 됐다.

독고월은 구도를 향해 냉소를 흘리고는 품속에 철궤와 월혼을 집어넣었다. 기막까지 거뒀다.

걸음을 옮기는 독고월을 가해월이 따라잡았다.

"어디 가려고?"

"알 거 없어."

"그럼 따라가."

가해월이 어깨를 나란히 해도 독고월은 말리지 않았다.

찰거머리 같은 개 스승인데, 어련하시겠어.

가해월은 독고월의 묘한 눈초리가 기분 나빴지만, 입술을 삐죽 내미는 걸로 참았다.

홀로 남겨질 것 같자, 구도가 슬그머니 자리에서 일어났다.

"괜찮으면 노부도……!"

"어딜!"

구도는 일어나던 자세 그대로 굳어졌다. 가해월이 기다렸다는 듯이 건 환술 때문이었다.

"……으, 으헉! 사, 사람들 앞에서 망측하게 이 무슨 짓이란 말인가! 어서 옷을 입게나."

몽롱해진 눈과 주름진 얼굴이 벌게졌다. 시선을 피하려는 듯이 양손을 들어 두 눈을 가려댔다. 그리고는 연신 뒷걸음질을 쳤다.

객잔 안의 사람들이 기겁하는 구도를 의아한 눈으로 바라봤다.

"어쩌려고?"

독고월의 물음에 가해월은 콧방귀를 꼈다.

"흥, 어쩌긴! 속내가 음흉한 늙은이는 한 번 혼쭐나 봐야 정신을 차리지. 어디 마음에도 없는 말을 주둥이에 올려? 순진하기 짝이 없는 여인의 순정을 농락하려던 늙은이에겐 저 정도도 많이 봐준 거야."

가해월도 오가는 독고월과 구도의 대화에서 눈치챈 것이다. 구도가 철궤를 훔칠 기회를 엿보기 위해 자신한테 들이댔다는 걸.

가뜩이나 독고월이 상대를 안 해줘서 기분도 엿 같았는데, 그 앞에서 이 빠진 노친네에게 이용당했다. 자존심 안

상할 수가 없었다.

파앗.

구도가 제 옷고름을 풀어헤치며 사정을 했다.

"이, 이러지 말게! 노부가 잘못했네. 제발 좀 저리 아니, 치워주게나! 이건 아니네. 어흐흑!"

"그래도 음흉한 속내와 달리 내공만은 제법 정순한가 보네. 환술인지 깨달은 걸 보면."

흐흥~ 거리며 콧노래까지 부른 가해월을 본 독고월은 실소를 흘렸다.

가해월의 실력은 사야와의 일전으로 일취월장한 상황이다. 거기다 내공까지 비약적으로 늘어난 상황이고, 어쩌면 당금 강호에서 가해월의 환술을 막을 사람은 극소수일 거다. 구도는 말할 것도 없었다.

누군가 그랬다.

처녀가 한을 품으면 오뉴월에도 서리가 내린다는데, 노처녀, 그것도 꽤 오래 묵은 악랄한 처녀가 한을 품으면 어쩌겠나? 몸서리치는 혹한의 추위가 오고도 남음이지.

그걸 증명이라도 하듯.

"아, 안 돼!"

애처로운 구도의 외침과 함께.

"지, 지금 뭐하는 거요?"

"늙은이, 왜 바지를 벗어젖히고 그래? 에이, 그러지 마!"

"어머, 어머! 저 사람 미쳤나 봐."

"노망난 늙은이 좀 누가 말려봐요!"

기겁한 사람들이 벌인 때아닌 소란이었다.

가해월은 배를 잡고 깔깔대며 독고월의 뒤를 따랐다.

독고월은 쓴웃음을 지었지만, 굳이 나서진 않았다. 그럴 의리도 없고. 세 살 버릇 여든까지 간 것에 대한 교훈이 되고도 남을 것이다.

"내 일도 아니고."

그 냉소적인 반응에 가해월은 옳은 소리라며 고개를 끄덕이며 미소까지 지었다.

2

목적지는 멀지 않았다.

겨울이 머지않은 산천의 경계를 지나자, 가해월이 어느 정도 눈치챈 듯이 굴었다.

"그 무식한 놈에게 또 볼 일 있어?"

"또?"

독고월이 한 번 떠보려는 듯이 되물었다.

가해월은 어디 씨도 안 먹힐 연극을 하냐며 아미를 치켜세웠다.

"본녀에게 보는 눈이 있는 걸 알면서도 자꾸 그래. 바보

232

취급하는 것도 정도껏 해."

"그럼 그 보는 눈으로 전황이나 읊지."

"하여튼 말 믿게 하는 덴 강호제일이라니깐. 음…… 뭐 특별한 건 없어. 결전을 앞둔 고착상태지. 마교놈들도 준경 동생과 은거를 깨고 나타난 초고수들의 존재가 걸리나 봐."

"비강시들은?"

가해월은 한쪽을 지그시 바라봤다. 예전이었다면 잘 보이지 않았을 텐데, 지금의 가해월은 쉬이 봤다. 내공 수위가 급격히 올라가며 천안통의 능력도 발전한 덕분이었다.

"제법 방비 좀 한 거 같은데, 사나흘이면 도착하겠는데?"

"그렇군."

독고월의 반응에 가해월이 한숨을 내쉬었다.

"근데 정말 무림맹이 당하는 걸 두고 볼 거야? 비강시들이 도착하면, 절대적으로 불리하다고. 얼추 맞던 고수의 숫자가 압도적으로 밀리게 되면……."

뒷말을 삼켰지만, 독고월은 그 뒷말을 덧붙여줬다.

"……끝장이지."

"대체 무슨 생각을 하는 거야? 이대로 무림맹이 몰살되면, 놈들이 바라는 대로 되는 거잖아. 마교, 그 잔악 무도한 놈들이 흑도맹을 가만 놔둘 리가 없고 말이야. 그나저나 흑도 놈들도 그래. 대체 무슨 생각을 하고 있는지, 원. 다음은 지들 차례라는 거 몰라?"

"알지, 왜 몰라."

독고월이 느긋하게 산천을 바라보며 한 말이었다.

가해월은 뾰족해진 눈으로 독고월을 아래위로 훑었다.

"뭐야, 지금 본녀 무시한 거 같은 느낌인데? 그렇지? 본녀 기분 탓 아니지?"

"알긴 아네."

그 조소 어린 얄미운 입가에 가해월은 씩씩댔다.

"본녀가 아니면 봉사가 되는 주제에!"

"보고도 모르는 눈뜬장님보단 낫지."

"……!"

가해월은 종잇장처럼 구겨지려는 표정을 서둘러 폈다.

피부에 골이 패면 깊어지고, 깊어지면 주름이 된다.

"어휴, 진짜! 말이나 못하면 밉지는 않지."

탁탁.

가해월이 가슴을 두드리며 치미는 울화를 참아냈다. 마음 같아서는 한바탕 욕이라도 해주고 싶었다.

"본녀가 정말 성격이 좋아졌지. 비단결처럼 고운 것도 모자라, 저 푸른 하늘처럼 넓어졌지! 이런 상공 놈의 새끼가 뭐가 좋……."

"……."

말을 멈춘 가해월, 자신을 지그시 바라보는 독고월의 시선이 말문을 막히게 했다.

독고월은 가해월의 눈동자를 지그시 바라보는 중이었다.

가해월은 괜히 치맛자락을 잡은 손가락만 꼼지락거렸다.

묘한 침묵 속에서 일각이 흘렀다.

일각이 여삼추였다.

"뭐야, 그런 수상한 눈빛으로 왜 계속 봐. 뭐! 봐서 본녀를 어쩌려고?"

고기는 잡혀줄 생각도 없는데, 미리부터 고기 전 부치고 있다.

독고월은 조소와 함께 다시 걸음을 옮겼다.

"아, 정말!"

가해월이 종종걸음으로 독고월의 앞을 가로막았다. 그리고는 콧대를 세우며 외쳤다.

"그런 눈으로 바라봤으면, 입을 맞추든지 해야 할 거 아냐? 뭐, 우리가 한두 번 입 맞춘 사이도 아니고. 서로 몸까지 더듬은 사이인데. 그 정도쯤은 해도 되잖아? 뭐 굳이 본녀의 허락이 필요하다면, 허락은 해드릴게."

"……."

"옜다, 인심이다! 한번 아니, 두 번 해도 돼."

"……누구 좋으라고?"

"본녀 좋으라고!"

가해월이 앙칼지게 외쳤지만, 옥용엔 말 못할 부끄러움
이 서려 있었다.

"뭐, 싫으면 아까 하던 말이나 마저 해주던지."

꼬리를 내렸다.

독고월은 손가락을 뻗어 가해월의 이마에 대었다. 그리
곤 기대에 찬 가해월의 눈빛을 가볍게 밀어냈다.

"이익!"

가해월은 밀리지 않으려고 부단히 애를 썼지만, 그러질
못했다. 더 버텼다간 이마에 구멍이 날 것만 같았다.

휘청거리는 모양새가 제법 우스웠던 독고월은 실소를
흘렸다.

"기다리고 있지."

"뭐어?"

한껏 용을 쓰느라 벌게졌던 가해월의 옥용에 의뭉스러
움이 떠올랐다.

독고월의 시선이 지나온 산천초목의 뒤쪽을 넌지시 바
라봐줬다. 가해월의 눈동자를 뚫어지게 본 것도, 검은 눈
동자 속에 비친 그걸 본 탓이었다.

물론 독고월을 보느라 정신이 없었던 가해월은 눈치채
진 못했다. 두근거리느라 정신이 없었던 것이다. 그래서
자연스레 그의 시선을 따라갔다. 가해월의 눈빛에 이채가
흘렀다.

"저건, 연기잖아?"

멀리 보이는 산등성이에서 봉화가 피어오르는 중이었다.

독고월이 뒷짐을 진 채 앞서 갔다.

"내 얼굴이 워낙 잘나서 말이야. 이곳에서 제법 유명한 편이지."

"재수 없어."

일리가 있는 말이어서 더욱 배알이 꼴렸다. 가해월은 그림 같은 그의 옆모습에 침이라도 뱉어주고 싶었다. 이 꼬인 기분도 풀고, 겸사겸사 내 것이라고 침이라도 발라 놓으려는 게다.

당연히 그랬다간 죽음이겠지.

"후훗."

혼자 상상하고 피식거린 가해월을 독고월이 노려봤다.

"또 혼자 뭔 상상의 나래를 펼치고 있는 건지, 원."

"뭐? 본녀가 뭘 어쨌……!"

두두두두.

멀리서 들려오는 말발굽 소리에 가해월은 말을 멈췄다.

독고월이 이마에 손을 대고 소리 나는 쪽을 바라봤다. 강호의 정세엔 굼뜨게 굴던 놈들이 이럴 땐 재빠르다.

"무거운 엉덩이가 무색하지."

"미리 선약이라도 잡은 거야?"

"그럴 리가."

"그럼 왜 이렇게 여유만만인데!"

"그럼 왜 내가 불안해야 하지?"

독고월의 반문에 가해월은 분을 삭였다. 틀린 말이 아닌
건 아는데, 왠지 요즘 좀 재수가 없어진 것 같았다. 뭐 잘
못 먹은 놈처럼 재수 없이 구는 게 욕이라도 한 사발 퍼부
어 주고 싶었다.

구겨진 그 표정만 봐도 가해월이 무슨 생각하는지 알 것
같은 독고월.

딱!

소리 나게 지풍으로 이마를 날려주고는 화려한 마차를
기다렸다.

"보이는 걸 그대로 믿을 정도로 저능아는 아니란 소리
지. 백정 같은 외모에 어울리지 않는 영민함은 내 진즉 알
고 있었고."

"씨이!"

이마를 감싸 쥔 가해월이 독고월의 얼굴이 뚫어져라, 노
려봤다.

"본녀한테 너무 함부로 하는 거 아냐!"

"그럼 어떻게 대해줄까?"

갑작스러운 물음에 가해월이 입만 벙긋거렸다. 마땅히

238 6

할 말을 찾지 못하다가, 눈길을 피하며 기어들어가는 목소리로 요구했다.

"……잘 해줘."

"그러지."

"……!"

가해월이 깜짝 놀랐다.

코앞까지 다가온 독고월이 가해월의 가냘픈 허리를 안아 들었다.

"오늘만."

그러면서 얄밉게 웃는데, 가해월은 하마터면 주먹을 날릴 뻔했다.

3

두두두두.

"워워."

둘 앞에 멈춰선 일단의 무인들은 이러지도 저러지도 못했다. 하나같이 험악한 얼굴을 한 무인들이 한쪽을 바라봤다.

거기엔 백마를 탄 여인 하나가 홍조 띤 얼굴로 흠흠! 거리고 있었다.

그럴 수밖에.

진한 입맞춤을 나누고 있는 선남선녀를 보는 입장에선 민망하기 그지없었다.

걸쭉한 입담으로 천하제일이라면 서러워할 일단의 무인들은 감히 그럴 생각조차 못했다. 여기오면서 신신당부를 받은 덕분이었다.

조금의 결례라도 범하면 목을 자르겠다는 아리따운 여인, 일화의 엄명이 있었다.

하지만 상기된 그녀의 얼굴을 보자니 한마디 하고 싶어 근질근질한 얼굴들이었다.

"좀이 쑤시는군."

"그러게. 입을 떼면 죽겠지?"

"그나저나 사내 쪽에 비해 여인 쪽이 좀 빠지지 않아?"

"혀 놀림이 보통이 아닌가 보지. 밤일도 잘하게 생겼잖아."

"하긴, 몸매는 죽이네."

그들이 작게 속삭이는 음담패설에 일화가 눈을 무섭게 떴다.

ㅡ정말 죽고 싶어요? 맹주님에게 말해서 일동으로 장례라도 치러줘요?

그 전음에 흑도맹주의 친위대는 낄낄대면서 시선을 피했다. 평소 격의 없이 지내는 그들이었기에 가능한 모습이었다.

아무리 엄명을 내려도 그들의 망아지 같은 행실은 여전했다.

혹시라도 눈앞의 선남선녀가 들었을까 봐 조마조마했지만, 다행히 못 들은 듯이 그들은 행위에 몰두하고 있었다.

"흠흠!"

일화가 손을 가져가 헛기침까지 했다. 자신들이 왔음을 알리는 것이다.

그제야 선남선녀가 떨어졌다.

털썩.

다리에 힘이 풀려 주저앉은 여인, 가해월의 표정이 심상치 않았다. 닭똥 같은 눈물만 주룩주룩 흘려댔다.

그에 반해 서 있는 청년, 독고월은 손에 들고 있던 무명천을 삼매진화로 태웠다. 그 무명천에 찍힌 붉은 연지 자국이 까만 재가 되어 사라졌다.

흑도맹주의 친위대와 일화는 의아했지만, 그 행동의 의미를 아는 건 독고월과 가해월 뿐이었다.

마침 가해월의 원독 어린 시선이 독고월의 뒤통수에 꽂혔다.

"나쁜 놈."

이마저 아드득 가는 듯했다.

그럴 만도 하다.

독고월은 등장한 이들의 시선을 제 뒤통수로 가린 채, 들고 있던 무명천으로 가해월의 잔뜩 내밀어 진 입술을 막아냈다. 그리고 그 무명천 위로 제 입술을 대어 진한 입맞춤을 하는 듯한 상황을 연출한 것이다.

대체 왜 그래야 하는데!

가해월은 억울한 심정을 담아 침을 튀기며 따지고 싶었지만, 온 고수들의 실력이 제법인데다 복장을 보고 알만해서 분을 삭이는 중이었다.

'저 놈의 새끼는 분명 자신을 가지고 놀고 있다.'

이게 가해월의 원독 어린 시선의 이유였다.

독고월은 짧게 코웃음 치고는 일화를 바라봤다.

"늦었군."

"……!"

마치 기다렸다는 듯한 말투에 모두가 놀랐다.

일화가 배시시 웃으며 손짓했다.

다각다각.

화려한 마차가 그들에게 다가오자 일화가 재잘댔다.

"안락하게 모시기 위한 준비를 하려고 좀 늦었습니다. 한데 일행분이 있으신 줄은 몰라서."

뒷말을 묘하게 흐리는 일화의 눈빛에서 독고월은 그녀가 말한 준비가 뭔지 눈치챘다. 그렇지 않아도 분향이 코를 찔렀다.

화려한 마차 안의 인기척도 여럿이다.

아직도 흑도맹에선 포기하지 않았음을 시사했다.

일화가 주저앉은 가해월의 눈치를 살피는 것도 그러한 이유에서였다. 아직 그녀가 그에게 어떤 존재인지 가늠하기 어려운 탓이다.

진한 입맞춤까지 한 사이라면 혹 부인일까?

하지만 그렇다고 보기엔 여인의 외모가 그리 특출나지 않았다. 몸매가 끝장나고 얼굴도 예쁘장은 하나, 저 정도 미색은 흑도맹에 넘쳤다. 데리고 온 새로운 아이들만 해도 과거 천하제일미라던 임지약 만큼 예뻤다.

독고월은 여전한 흑도맹주의 꼼수에 미소를 흘렸다.

"어머."

그 모습이 헉 소리 나게 잘난 터라 일화가 저도 모르게 얼굴을 붉혔다.

흑도맹주의 친위대가 오오! 거리며 일화를 향해 킬킬댔다.

"하여튼 여인들이란, 잘난 사내만 보면 어쩌질 못하는군."

"맹주님에게 말해줘야겠어. 일화가 한 눈 팔았다고 말이야."

─그랬다간 죽을 줄 알아요.

앙칼진 일화의 전음에 더욱 신이 나 놀려대고 싶었지만,

상황이 상황인지라 킬킬대는 걸로 마무리했다. 험난한 역경을 겪은 그들이 보기에도 눈앞의 청년은 확실히 잘났다.

"어떡할까요?"

일화가 붉어진 볼로 독고월을 향해 물었다. 예전처럼 거절할 거라 여겼는데 독고월의 반응은 의외였다.

"그냥 타고 가지."

"네? 하지만."

일화가 놀라 되물었다. 그리곤 뒤쪽의 가해월을 흘끗 봤다.

그 시선의 의미를 눈치챈 가해월과 독고월.

입술을 먼저 뗀 건 독고월이었다.

"시비야, 쟤."

"아!"

"악!"

일화와 가해월이 동시에 탄성과 괴성을 내질렀다.

독고월은 피식 웃고는 열린 마차의 문을 통해 들어갔다.

가해월은 시퍼런 광망이 이는 눈으로 그 뒷모습을 쫓았다.

화아악!

"……!"

막 마부석에나 타라고 말하려던 일화가 찔끔할 정도로 가해월이 뿜어낸 기세는 대단했다.

흑도맹주의 친위대마저 살짝 긴장할 정도였다.

일개 시비라고 하기엔 믿을 수 없는 기세다.

최절정에 이른 일화만큼 고수다. 아직 사야의 내공을 모두 흡수한 게 아닌데도 말이다.

"본녀도 타."

그런 여인이 한기가 풀풀 날리는 음성으로 말했다.

감히 누가 막을쏘냐.

저벅저벅.

가해월이 얼음가루 풀풀 날리는 표정으로 마차를 향해 날아갔다.

일화는 이러지도 저러지도 못했다. 저런 무공 수위를 지닌 여인이 일개 시비일 리가 없었다.

쾅.

하지만 그런 그녀가 타기도 전에 마차의 문이 닫혔다.

독고월에 의해서.

콰악!

"이익!"

가해월이 문고리를 잡아 열려고 아등바등하였지만, 닫힌 문은 요지부동이었다.

"열어, 열라고!"

참으로 보기 안타까운 외침에 대한 답은 금방 들려왔다.

"시비는 시비답게 마부석에 타."

"누가 시비야! 본녀는 시비 아니야. 빨리 태워줘! 이 상 공놈의 새끼야!"

"……!"

상공이란 소리에 일화는 소매로 입을 가렸다.

둘 사이는 척 보기에도 뭔가 있었다. 하지만 상공이라 부를 사이론 보이지 않았다. 그렇게 부르는 여인을 시비라 고 부를 사내는 없으니깐 말이다. 그리고 그 여인도 끙끙 대며 문을 열려고 애쓰진 않을 거다.

대체 이들은 무슨 관계지?

일화의 상큼하게 올라간 아미처럼 모두가 가진 의문이 었다.

하지만 확실한 건.

"아아아악! 열어, 열라고!"

문 열라며 마차를 부술 듯이 두드리는 가해월을 보건대, 아무래도 태우고 가야겠다. 그러지 않았다간 마차가 남아 나지 않겠다.

안에 있는 아리따운 미희(美姬)들도 겁에 질려 있을 것 이 분명했다.

"저 그러지 말고 이렇게 하시지요."

일화가 보다못해 중재를 나서려고 했다.

휙, 휙!

하지만 독고월이 날린 지풍이 이미 해결을 끝낸 상황이었다.

날아온 지풍은 마혈과 아혈을 정확하게 짚었다.

딱딱하게 굳은 가해월의 신형만 봐도 알만했다. 눈물만이 주르륵 흘러내릴 뿐이었다.

그 모습을 본 일화는 저도 모르게 한숨을 내쉬었다. 그는 여전했다.

"내리거라."

일화가 내린 명에 미희들이 서둘러 내렸다. 나신에 반쯤 걸친 의복들을 입은 그녀들을 향해 눈짓했다.

물러가라는 것이다.

그녀들은 분분히 고개를 숙인 뒤, 제 위치로 돌아갔다.

일화가 포권을 취했다.

"쓸데없는 짓으로 심기를 거슬렀다면 사과 드리겠습니다. 그냥 가시는 길 적적하실까 봐 준비했습니다만."

"눈요기는 됐지."

창문을 통해 들려온 독고월의 음성에 일화는 깨끗하게 마음을 접었다.

흑도맹주의 말처럼 여인으로 어찌해볼 수 있는 사내가 아니었다.

새삼 가해월이 다시 보였다.

"제가 모시고 들어가겠습니다."

일화의 말에 가해월은 눈알만 뒤룩뒤룩 굴렸다. 어서 빨리 이걸 풀어주라는 것이다.

"뭘 수고스럽게 그냥 마차 뒤에 매달고 가면 될 것을."

"……그, 그리할 수는 없지요. 마침 빈자리도 생겼는데요."

일화는 그리 말하고는 가해월의 신형을 마차 안으로 옮겼다.

느긋하게 자리 잡고 누워있는 독고월이 눈에 들어왔다.

그는 가해월을 보며 피식 웃었다.

가해월이 죽일 듯이 독고월을 노려봤다.

일화는 마혈과 아혈을 풀어주고는 고개를 숙인 채 물러났다.

마차 안에는 주안상과 두 눈을 부릅뜨고 있는 가해월, 그리고 독고월 뿐이었다.

두두두.

잠시 뒤에 마차가 출발했다.

가해월은 모세혈관이 터져 붉어진 눈으로 독고월을 바라봤다.

"대체 본녀한테 왜 이래?"

"……."

"본녀한테 왜 이렇게 못 되게 구는 건데?"

가해월의 진지한 물음이었다. 몰라서 묻는 건 아니었다.

이렇게까지 상한 자존심을 보상받기 위해서도 아니다. 굳이 이러지 않아도 되는데, 못살게 구는 독고월의 속내가 너무나도 궁금했다.

"본녀가 상공 놈한테 뭘 그리 잘못했는데, 왜 이렇게 본녀를 아프게 하는 건데? 그것도 이 많은 사람이 보는 앞에서……."

물기 어린 목소리에 받은 상처가 가늠되지 않았다.

물론 이들의 목소리가 밖으로 새어나갈 염려는 없었다. 안에서 뭔 짓을 해도 될 방음처리가 되어있는 마차였다.

독고월은 이를 잘 알고 있었다. 그래서 눈물 콧물 흘려대는 가해월의 말을 잠자코 듣는 중이다.

"본녀가 그렇게 우스워? 본녀를 남들 앞에서 그렇게 농락해도 될 정도로 우스워 보이냐고!"

"……."

"본녀도 여인이라고, 마음이 있는 사람이야. 그렇게 면박을 주고, 짐짝 취급하고 그래. 본녀라고 아무렇지도 않은 줄 알아? 아니면 본녀가 과거에 추악한 마녀라 불려서 정말 그렇게 무시하고 그러는 거야?"

가해월은 두 손으로 꽉 쥔 치맛자락을 비틀었다. 그 위로 눈물 자국이 떨어졌다. 이참에 듣고 싶었다. 아무리 잔인한 말이라도 듣고 싶은 그녀였다.

"본녀는 네놈을 좋아해."

"......."

"좋아한다고."

흔들리는 목소리로 애써 괜찮은 척할 것도 없었다.

독고월은 손을 뻗어 가해월의 눈물을 닦아줬다.

가해월은 그 손을 피하려고 했지만, 자신을 보는 진지한 눈길에 그럴 수가 없었다. 그가 나직한 목소리로 읊조리듯이 말했다.

"과거를 신경 쓰는 건 내가 아니지. 내가 네 과거에 대해 말한 적이 있었나?"

"......!"

정말 말 그대로였다. 독고월은 단 한 번도 그런 말을 입에 담은 적이 없었다. 하나같이 자격지심을 가진 그녀가 한 말들뿐이다.

슥, 슥.

퉁퉁 부은 가해월의 눈을 닦아주며 독고월이 미소를 지었다.

"널 가지고 노는 재미가 있는 건 사실이지."

"나, 나쁜 놈아!"

기가 막히고, 코가 막힌 가해월은 말을 더듬었다. 가슴속에서 열불이 뻗쳐 올랐다. 당장에라도 소리를 지르며 분통을 터트리고 싶었지만.

"그리고 무서운 것도 사실이고."

"뭐? 그게 무슨 소리인데?"

가해월이 너무 놀라 침착함을 가장해 물었다.

독고월은 대답 대신 묘한 미소만 흘리고는 마차에 몸을 눕혔다. 팔짱을 끼어 베게 삼고는 두 눈을 그대로 감았다.

"도착하면 깨워."

"……!"

가해월은 부들부들 떨 수밖에 없었다. 뭐라 한 마디 쏘아붙여 주고 싶은데, 무서운 것도 사실이라는 독고월의 말이 너무 신경 쓰였다.

대체 뭐가 무섭다는 건지 알 길은 없었다. 하지만 주책맞게 벌컥거리며 요동치는 심장은 그 답을 알려줬다.

두근두근.

해서 빨개진 얼굴로 자는 독고월만 뚫어지게 노려봤다. 이어진 독고월의 경고 때문이었다.

"덮치면 죽는다."

"……."

第 9 章

第 9 章.

1

흑도맹의 본단.

웅장함과는 거리가 먼 외관이었다. 대신 화려함이 자리했다. 가슴 속에 굵직하게 남기는 한 방은 없지만, 한 번보면 잊히지 않는 눈의 즐거움은 있었다.

정파인들은 홍등가가 즐비한 이곳이 천박하다 느낄 수도 있겠지만, 적어도 지금 들어서는 이들은 아니었다.

아리따운 가희들이 음률에 맞춰 노래를 부르고, 나긋나긋한 무희들이 춤을 추고, 분을 짙게 바른 기녀들이 술을 따르는 걸 고깝게 보지 않았다.

"호오, 저런 복장으로 사내들을 요리한단 말이지."

문전성시를 이루는 한 기녀를 보는 가해월의 눈매가 달

라졌다. 지금껏 늘 회의무복만 입어온 그녀의 눈엔 부러움마저 서려 있었다. 자신도 한번 입어보고 싶다는 열망이 생겨나는 중이다.

그걸 눈치챈 일화가 뒤를 향해 눈짓했다.

곧 수하 중 하나가 가해월이 유심히 보던 의복 하나를 공수해왔다.

일화는 그걸 들고 활짝 웃었다. 잘 보여서 나쁠 것이 없었다.

"필요하시다면 선물로 드리겠어요."

"뭐? 정말이냐!"

가해월은 초롱초롱한 눈으로 일화의 양손을 마주 잡았다.

일화는 그 부담스런 눈빛에 슬며시 손을 뺐다.

당연히 의복은 가해월의 손에 들려 있었다. 말은 되물어 놓고 이미 제 거인 마냥 의복을 손에 들고 훑어보기 바빴다.

여인은 여인이었다.

과거 그녀가 입고 다니던 화려한 의복이 천박해 보일 정도로, 일화가 가져온 의복은 굉장히 세련됐다. 그렇다고 노출이 과하지도 않았다. 딱 적당하게 트일 덴 트이고, 막을 덴 막았다. 그녀의 무기인 풍만한 몸매를 한껏 강조할 수도 있었으니, 그야말로 금상첨화다.

"입어도 돼?"

물을 것도 없었다. 이미 훌렁훌렁 옷을 벗어 던지며 묻는 중이었다.

주위에서 기함하는 목소리들이 들려왔다.

"으헉! 갑자기 눈이 안 보여!"

"뭐야, 누가 불 껐어?"

"으아아, 내 눈이 멀었나 봐! 아무것도 안 보여, 으아아아!"

당황한 사람들이 지르는 함성이 말해줬다. 가해월의 환술이 불러온 암전이었다.

갑자기 눈 뜬 봉사가 된 그들이 바닥을 굴렀다. 개중엔 흑도맹주의 친위대도 있었고, 그 모습을 본 일화는 침을 꿀꺽 삼켰다.

일화와 앞서 가는 독고월을 제외하고 환술을 걸었음을 깨달은 것이다.

이 무슨 말도 안 되는 실력이란 말인가.

흑도맹주의 친위대가 어떤 실력을 갖췄는지 누구보다 잘 아는 일화였다. 아무런 대비를 못 했다고 해도, 이렇게 번갯불에 콩 볶아먹듯이 거는 건 물론, 하나같이 환술을 이겨내는 자가 없었다.

가해월이 손짓해서야 그제야 정신들을 차린다.

무공만 고강한 줄 알았더니, 숨겨둔 환술 실력은 이리 대단하다니.

이미 갈아입은 가해월이 요염하게 웃었다.

"본녀 어때?"

보기보다 무서운 고수, 잘 보여야 한다.

일화는 식은땀이 흐르는 등골에도 싱긋 웃었다.

"너무 너무 아름다우세요, 언니. 어쩜~ 이건 언니를 위한 맞춤 옷이네요. 아주 그냥 옷이 날개 아니라, 사람이 날개네. 제가 사내라면 놓치고 싶지 않을 거예요!"

연신 엄지를 치켜드는 일화였다. 일화 또한 어디 가서 빠지지 않는 외모의 여인인지라, 그런 여인이 한 칭찬은 가해월을 춤추게 했다.

실제로 춤까지 췄다.

제법 놀아본 태가 난다.

문득 일화는 그녀의 과거가 궁금해졌다. 좀 휘저어본 솜씨였다. 마음 같아선 어디서 좀 놀다 왔느냐? 라고 물어보고 싶었지만, 여인의 과거를 함부로 묻다간 큰일난다.

하급자도 아니고 빈객이었다.

그저 일화는 손뼉 치며 감탄했다.

"어머, 어머! 이 언니 몸놀림 좀 봐요. 옷이 사네, 옷이 살아! 역시 최고에 어울리는 최고는 따로 있었네요!"

눈에 보이는 아부였지만, 자고로 칭찬을 싫어하는 이는 없었다. 거기다 독고월의 앞이었다.

가해월은 흐뭇한 마음을 안고 독고월의 앞을 막아섰다. 척하니 허리춤에 양손을 대고 다리까지 꼬았다. 덕분에 한껏 조여진 몸매의 여성성이 더욱 도드라졌다.

마치 나 어때?

라고 묻는 몸짓에 독고월은 넌지시 시선을 보냈다. 전신을 샅샅이 보기는커녕 면박만 줬다.

"호박에 줄 긋는다고 수박이 되는 건 아니지."

"내 이럴 줄 알았지! 하지만 오늘은 기분이 좋으니까 봐줄게."

뭘 봐준다는 건지 알고 싶지 않은 독고월은 가해월을 비켜 지나갔다.

아니나 다를까.

덥석.

가해월이 독고월의 팔짱을 껴왔다. 불퉁한 눈빛으로 가해월이 올려다봤다.

"좀 예쁘다고 해주면 안 돼?"

"뭐?"

"본녀가 상공 놈을 위해 입었다고."

"날 위해서라고?"

"그래! 자고로 사내라면 이런 끝내주는 몸매에 시선을 못 떼는 법이잖아? 봐!"

그러면서 주위를 둘러보라며 턱짓을 했다.

독고월이 둘러보니 과연, 사내들의 몽롱해진 눈빛은 가해월에게 있었다. 하지만 뒤에서 엄지를 치켜세우는 일화와 데려온 미희들에게도 향해 있다.

지분율로 따지면 이대 팔 정도?

물론 이가 누군지는 말할 필요는 없으리라.

자칭 끝내주는 몸매라는 가해월이 도도하게 코를 치켜세웠지만, 흑도맹의 내로라하는 미인들 앞에선 손색이 있었다. 그나마 몸매와 의복이 받쳐주니 봐줄 만하지만.

"......"

그 사실을 그녀라고 모를까.

귓불이 살짝 빨개진 가해월을 보며 독고월은 조소를 흘렸다.

"......늙은 호박이 애호박이 되면 수박 흉내는 내겠지."

"뭐어!"

가해월이 눈에 쌍심지를 켰다. 애호박이 되라는 말이 어떤 뜻인지 알만했기에 콧등을 찡그리는 걸로 끝냈다. 사야의 내공을 얼른 제 걸로 만들라는 것이다.

"부지런히 노력하라고, 그럼 겨드랑이 땀내나게 익힌 그것의 대가를 얻게 될 테니 말이야."

드물게 조언까지 한 독고월이었다.

예전 같으면 바락바락 소리 질렀겠지만, 지금의 가해월은 빨개진 얼굴로 치맛자락만 움켜쥐었다. 여인의 자존심을 상하게 하는 말들이었으나, 곱씹어보면 예쁘다는 말로 들리기는 했다.

"뭐, 말 안 해도 그럴 거야. 아주 겨드랑이 땀내나게 노력해서 강호의 사내란 사내는 모두 꼬셔버릴 테니 두고 보라지!"

주먹을 휘휘 휘두르며 하는 호언장담.

독고월은 가당치도 않다는 듯이 코웃음을 치며 어깨를 퉁겼다.

"이익!"

은근슬쩍 어깨에 머리를 기대려던 가해월이 튕겨져나갔다. 재빨리 신법을 밟은 그녀가 다시 독고월의 팔을 향해 달려들었다.

물론 그 뜻은 이루지 못했다.

딱!

귀신같이 날린 독고월의 지풍에 이마를 얻어맞고 혼절했으니 말이다.

털썩.

게거품을 물며 쓰러진 가해월과 앞서 걷는 독고월을 번갈아 보는 일화.

"……대체 무슨 관계람."

혼란스러운 눈빛으로 고개를 가로젓고는 뒤를 향해 손짓했다. 미희들이 어느새 구해온 가마에 가해월을 눕혔다.

호사스런 가마 위에서 게거품을 무는 꼴사나운 모습에 시선이 집중됐지만, 이내 관심을 껐다.

잘난 독고월의 앞을 막아선 인물 때문이었다.

"왔는가? 아우!"

덥석.

다짜고짜 안기까지 하는 텁석부리 사내.

바로 흑도맹주 사도명이겠다.

2

사도명과 독고월이 운치 좋은 정자로 올랐다.

주위에 인기척은 둘 외엔 없었다. 그 흔한 호위들 조차도 말이다.

정신을 차린 가해월은 입은 의복에 어울리는 장신구를 찾아주겠다는 일화의 꼬드김에 넘어갔다. 들뜬 모습도 모습이지만, 벌써 언니 동생 하며 죽까지 척척 맞았다.

화려하게 치장하고 싶어 안달 난 모습이다.

독고월은 사도명이 내준 자리에 앉자마자 인상을 그었다.

"누가 네 아우야?"

"그래야 맹주인 내 체면이 서지? 억울하면 네놈도 맹주 하던가?"

"쯧."

독고월은 혀를 찼다.

사도명은 탁자에 차려진 주안상을 힐끗 봤다.

"술이나 한잔하지. 물어볼 것도 많고. 미희들을 거부했
다길래 조촐하게 준비했는데, 맘에 들지 모르겠군."

쪼르륵.

독고월은 대답 대신 술병을 기울여 제 잔만 채웠다.

그 꼬라지를 보니 오히려 분위기 좋게 하려고 여인들을
앉혔다간 더욱 망칠뻔했다.

"허허, 이런 싹수없는 놈 같으니."

술잔을 내민 사도명의 손이 민망해지는 것만 봐도 알만
하잖은가.

수하들 앞이었으면 술자리의 분위기가 좋지 않았겠지
만, 단둘이 있을 땐 주위 시선을 신경 쓸 필요가 없었다.
물론 사도명이 그런 걸 크게 신경 쓰는 위인은 아니나, 대
외적인 체면은 있었다.

쪼르륵, 쭉.

제 잔을 채운 사도명이 술잔을 비워냈다.

독고월도 말없이 따라 비웠다. 화끈한 독주가 목구멍을
타고 넘어가자, 뜨거움이 뱃속부터 용솟음쳤다.

"후우."

찌릿한 맛과 은은한 향이 일품이다.

사도명이 히죽 웃었다.

"제법이지? 내 언제고 도원결의를 맺을 때를 대비하기 위해 가져왔다."

"……."

독고월은 정자의 주위를 둘러봤다. 도원경이나 다름없는 풍경에 비웃음이 절로 나왔다.

"득도라도 하시게?"

"득도는 무슨, 득음이나 해야지!"

비아냥거림을 농으로 받은 사도명이 벌떡 일어나더니, 고래고래 소리를 질러댔다.

노래를 가장한 돼지 멱따는 소리에 독고월의 미간에 은은한 짜증이 서렸다.

홀로 술잔을 비우길 수차례.

긴 숨을 몰아쉰 사도명이 껄껄 웃었다.

"어때? 제법 들어줄 만하지?"

"어떤 대답을 원하는 거야?"

"긴장 좀 푸는 거다."

사도명은 낄낄대고는 소도를 잡았다. 그리곤 주위를 둘러보며 지껄였다.

"나도 말이다. 흑화들이 맹주의 권위에 어울려야 한다며 인위적으로 만든 이곳이 그렇지 않아도 마음에 들지 않았거든? 어때, 생각 있어?"

이곳을 갈아엎자는 뜻이다.

한바탕 칼춤사위나 춰보자는 제안에 독고월은 피식 웃었다.

"사람은 물렸고?"

"그건 왜?"

"맹주 체면에 아우란 놈에게 몹시 쥐어 터지는 건 좀 그렇지."

"허허, 이 싹수 노란 놈 말하는 것 좀 보게. 과거 빌빌거리던 놈 흑신단으로 실력 좀 늘려줬더니, 이젠 제법 목에 힘 좀 준다 이거지?"

"후훗."

독고월은 나직한 코웃음만 흘렸다. 눈빛은 물론이거니와 기세는 평온하기 그지없었다.

사도명은 들끓는 자신과 다르게 차분한 놈을 보고 새삼 깨달았다.

이놈, 더 강해졌다. 과거처럼 대하다간 당한다.

머릿속에 경각심의 종이 울렸다. 하지만 꼬리를 말기엔 사도명의 뜨거운 피가 허락지 않았다.

벌컥벌컥.

술병을 들어 통째로 목구멍으로 쳐넣은 사도명이 바닥에 술병을 내동댕이쳤다.

파삭!

"시작 전에 몇 가지만 묻자."

"물어봐."

"이 나한테 서신을 딸려 보내 그 화전이나 일구던 연놈들을 보호해달라는 이유는 뭐였느냐?"

과거 흑야의 야주와 담판지으러 가던 용봉대전을 앞둔 날.

곽씨를 통해 흑도맹주에게 서신을 보낸 적이 있었다.

"고산 쪽의 움직임을 직접 눈으로 보라는 거였지. 어땠어? 멀찍이 숨어서 지켜는 봤나? 알량한 체면에 걸맞은 실력이라면 들키지 않고 봤을 수 있었을 텐데 말이지. 그 정도 깜냥은 되잖아?"

"……."

텁석부리 수염이 부르르 떨렸다.

그게 대답이 되었다.

"……분명 네놈이 죽는 것까지 봤다. 무시무시한 늙은이가 떠난 뒤, 그 괴물 같은 놈들에게 형편없이 당하던 모습을 말이지."

사도명이 어렵게 뗀 입술이 술로 번들거렸다. 소매를 들어 대충 훔친 그가 이어 물었다.

"내게 보여주고, 나서서 도와주길 바랐느냐?"

"그럴 리가. 체면치레나 좋아하는 네놈의 배짱이 어느 정돈지 알만하지."

"……!"

사도명은 취기로 붉어진 건지, 화로 붉어진 건지 모를 눈가로 독고월을 노려봤다.

독고월은 조롱으로 그걸 받았다.

"그냥 나 죽은 뒤에 멍청한 짓이나 하지 말라고. 경각심이나 일깨워 주려 한 거지."

"대체 왜!"

"앞뒤 구분 못 하고 서로 물어뜯을 것 같으니까. 그리고 그대로 짓밟힐 게 분명……."

사도명이 버럭 소리 질렀다.

"흑도맹과 난!"

"……."

"그 정도로 약하지 않다!"

상처 입은 맹수처럼 으르렁거리는 목소리에 독고월은 어깨만 으쓱였다.

"말로는 뭔들 못하겠어?"

"뭐?"

"흑도맹주 사도명."

독고월의 나직한 부름에 사도명은 어금니를 부서질 듯이 갈았다.

"이 날 감당할 능력은 되시나?"

이어진 독고월의 도발은 부리부리한 수염을 곤두서게 하였다. 아직도 영입하려는 수작에 대한 명백한 도전이었다.

우우우우.

형용할 수 없는 살기가 정자를 메우다 못해 흔들리게도 했다. 이대로라면 정자가 그대로 폭삭 주저앉고 말 것이다.

그럼에도 불구하고.

독고월은 유유자적했다.

쭉, 퍼석!

술잔을 비운 뒤 땅에 호쾌하게 내던진 독고월.

"너와 나의 수준 차이를 보여주지."

"허허."

"그래야 그 똥만 찬 머리로 흑야란 놈들이 얼마나 대단한지 가늠할 수 있겠지."

"……."

"걱정마, 내 살려는 줄 테니."

"이노오오옴!"

기어코 사도명이 일갈을 터트리게 하는 독고월의 이죽거림이었다.

파앙!

사도명이 전력을 다해 달려들었다.

뒤따라온 하얀 빛살이 독고월이 있던 자리를 갈랐다.

스아악!

순간 공기 아니, 공간이 갈라지는 듯한 착각이 들 정도로 대단한 일격이었다.

그그그극!

소도가 만들어낸 여파가 땅을 긁는 소리였다.

일격필살이라는 말이 어울릴 정도나, 맞지 않으면 소용없었다.

주르륵.

독고월은 한 발짝 떨어진 곳에서 술병을 기울이는 중이었다.

땅을 가르는 어마어마한 위용을 보고도 여유로웠다.

도명은 머리카락이 곤두서는 걸 느꼈다. 공포가 아닌 분노가 머릿속을 그득 메웠다.

"으허엉!"

사자의 울음소리나 다름없는 포효가 터져 나왔다. 그 안에 담긴 비분강개함에도 독고월은 시선조차 주지 않았다.

쉬이이이익—!

소도가 치명적인 사혈을 노리고 들어와도, 독고월은 신법만 밟았다.

스아악!

헛되이 공간만 가로지르고 가는 소도의 여파가 독고월을 따라가지만, 이번에도 닿지 못했다.

독고월의 경공술은 말 그대로 신출귀행이었다.

"쯧쯧, 그때와 비교해 오히려 퇴보했어."

"……!"

느물거리는 음성이 귓전을 때렸다.

대체 언제 뒤에!

경악한 사도명이 사력을 다해 신형을 틀며 벼락같은 한수를 꽂아넣었다.

쯔어엉!

묵직한 느낌에 비릿한 미소가 지어졌다. 드디어 닿았다고 여긴 것인데.

우르르르.

아쉽게도 독고월이 아니었다.

독고월은 이미 도원경 속에서 술병만을 기울이며 웃고 있었다.

그렇다면!

사도명은 썩은 돼지 간을 먹은 듯한 표정으로 찍은 부위를 바라봤다.

정자의 축을 이루는 기둥에 소도가 박혀 있었다.

"제가 찌른 게 사람인지 돌덩인지 모를 정도로 평정을 잃어서야 쓰나?"

"흐흐흐."

실성한 듯한 사도명의 웃음소리에 독고월은 비워낸 술병을 던져줬다.

찰랑거리는 소리와 함께 날아간 술병.

착.

사도명은 그걸 받아들고는 입안에 콸콸 쏟아부었다. 만약 독고월이 다른 뜻이 있었다면 사도명은 죽었을 거다.

하지만 독고월은 그런 치졸한 이가 아니었다. 남의 빈틈을 찾아 공격해야 할 약자의 입장도 아니고.

"제기랄."

사도명은 흘린 술로 범벅된 수염을 소매로 닦아내었다. 모세혈관이 불거지다 못해, 터져서 붉어진 눈깔이 독고월을 담았다.

흉흉한 기세와 살기로 점철된 모습에 독고월은 피식 웃었다.

"이제 좀 정신이 들지?"

"그래, 내가 그동안 좀 놀았음을 인정하마. 실전감각이 많이 퇴보됐어."

"그게 아니지."

"뭐?"

사도명이 퉁방울만 한 눈으로 쳐다봤다.

독고월의 심안이 사도명의 내심을 읽었다. 냉소가 절로
나왔다.

"겁먹은 거지."

"뭐, 뭐라고?"

"겁쟁이가 됐다고."

"이런 씹어먹어도 시원찮을 새끼가…… 뚫린 입이라고
말 함부로 하네."

소도를 쥔 손등 위의 핏줄이 터질 듯이 불거졌다. 시뻘
게진 안면도 핏물이 뚝뚝 흘러나올 정도였다. 흉신악살이
따로 없는 얼굴이었다.

하지만 그 흉흉한 가면속에 숨겨진 내면을 독고월은 이
미 읽고 있었다.

"날 죽인 놈들이 좀 무섭지?"

"……닥쳐라."

"그놈들을 수하로 부리는 늙은이는 더 무섭고 말이
야."

"그 입 닥치래도!"

휘익!

거칠게 던진 술병 뒤로 사도명의 굵직한 주먹이 따라 휘
둘렸다.

소도가 아닌 단순한 주먹질은 위맹했지만, 실속은 없었
다.

272

한 마디로 속 빈 강정이다.

틱, 터억!

독고월은 술병은 잡아채는 데에서 그치지 않고, 남은 손으로 사도명의 주먹마저 가볍게 잡아챘다.

꾸우욱!

그리고 손아귀에 힘을 주었다.

주먹이 부서질 듯한 고통에 입을 쩍 벌린 사도명.

독고월은 실망하듯이 혀를 찼다.

"약해졌군. 과거엔 그래도 서로 어우러질 만했는데 말이지."

"크으으!"

사도명이 있는 힘껏 내력을 끌어올려 독고월의 힘에 대항하려 했지만.

퍼억!

독고월의 발이 사도명의 정강이를 때렸다. 단순한 그 공격에도 사도명은 휘청거리다 못해 앞으로 고꾸라졌다. 반대쪽 손을 뻗어 지면을 때려 균형을 회복하려 했다.

"어딜."

독고월이 그대로 힘을 주어 사도명의 손을 꺾었다.

우드득.

부러지진 않았지만, 사도명의 기세와 내력을 꺾기엔 충분했다.

사도명은 비릿한 피맛을 느꼈다. 이를 악문 입술을 타고 흐르는 핏줄기 때문이었다.

"초절정이란 허울 좋은 이름에 그간 한 자리 떡하니 차지하니까. 겁이 많아지는 거야. 지킬 게 많아지니까 겁쟁이가 되는 건 이해하지만, 그걸 인정 못 하면 섭섭하지. 이 마당에 체면 챙길 정신은 있고, 네놈의 현실을 인정할 정신머리는 없지?"

"다, 닥쳐라."

내력마저 제압당한 사도명의 이마는 핏줄기가 불끈거리며 치솟았다. 세상에 태어난 이래로 이렇게 용을 쓴 적이 있을까 싶을 정도로 대항했다.

하나 독고월이 잡은 손은 요지부동이었다.

"나와 멋진 승부라도 내고 싶었느냐?"

"크윽."

"아우라고?"

"이, 이노옴."

사도명은 찡그린 눈가로 올려봤다. 놈이 싸늘하게 내려다보며 웃고 있었다.

"이게 네 모습이다."

"……!"

퍼석!

술병이 사도명의 머리를 강타했다.

제 머리를 타고 흐르는 술 줄기에 사도명은 눈빛은 흔들리다 못해 떨렸다.

아팠다.

3

"사야에 관해선 아직도 연락이 없는가."

"송구합니다."

믿을만한 아니, 강호제일의 추적술을 지닌 지야였다. 그런 그조차도 사야의 흔적을 더는 쫓지 못한 것이다.

그럴 만했다.

"누군가 의도적으로 흔적을 지운 게 분명합니다. 그리고 사야는……."

"죽었다고 봐야겠군."

지야의 말에 야주 담천은 결론을 내렸다. 턱을 괸 담천에게서 불편한 기세가 흘러나왔다.

비망록에 오점이 또다시 생겨난 것이다.

화르륵!

"야주님!"

갑작스러운 불길에 시립해 있던 광야가 기겁했다. 삼매진화로 태운 물건이 어떤 건지 누구보다 잘 알았다.

불빛을 담은 담천의 눈동자가 말했다.

"이젠 쓸모없는 물건이다."

"하오나 비망록입니다!"

광야뿐만이 아니었다.

대전 안이 술렁일 정도로 남은 구야는 동요했다.

담천의 희번덕거리는 눈이 재가 되어 떨어진 그걸 바라봤다.

"흥수가 누군지 조차 모르는 비망록이다. 더 볼 것도 없지. 이미 가치를 상실한 지 오래였는지도, 그간 종이뭉치나 다름없는 걸…… 참으로 우습군."

"속하들이 부족해서……."

광야가 얼른 부복했다.

털썩.

구야도 그를 따라 부복하였다.

담천은 그 모습들을 쓸어보면서 태사의에서 일어났다.

"애초부터 이 비망록은 잘못됐다. 신투 구도가 본좌 앞에 물건을 대령해놓게 될 거라고 적은 비망록을 믿는 게 아니었다. 맹신한 거다, 그 마교놈들처럼."

"야주님!"

광야가 땅에 이마를 찧었다. 그 무슨 말씀이냐는 듯이 광야가 고개를 바락 쳐들었다. 이마 위의 피가 얼굴을 타고 흘러내렸다.

광망이 번뜩이는 광야의 눈빛에 야주 담천은 씁쓸히 웃었다.

"아니라고 하기엔, 그간 너무 안일했다. 참으로 당돌한 년이로다. 제 죽음마저 기록하여 모든 걸 믿게 하는 치밀함은 정말이지 혀를 내두를 정도야. 설마 제 목숨을 담보로 본좌를 이리 가지고 놀 줄은 꿈에도 몰랐다."

"야주님 그럴 리가 없습니다! 아직 사야가 죽은 것도 확실치……!"

광야는 서둘러 말을 멈췄다.

"네놈마저 본좌를 농락하려는 것이냐!"

광야는 대전을 울리는 포효와 함께 하얗게 타오르는 담천의 눈동자를 감히 마주할 수가 없었다.

"죄송합니다, 용서를."

쿵쿵쿵!

광야는 바닥에 이마를 연신 찧으며 자비를 구했다.

털썩.

담천은 태사의에 도로 앉으며 허탈하게 중얼거렸다.

"사야의 죽음으로 확실해졌다. 비망록은 처음부터 우리의 이목을 가리려는 초난희의 개수작임을…… 으허허!"

그 거친 대소에 십야의 안색은 썩어 문드러졌다.

부복한 그들의 머릿속에 공통된 생각이 있었다.

대체 누가 사야를 죽였단 말인가.

죽일 만한 인물을 떠올려봤지만, 이 강호에 그럴만한 인물은 없었다. 사야가 실력이 떨어지긴 해도 지닌 사술로 그 부족함을 메우고도 남음이다.

사야의 사술을 겪어본 그들이 가장 잘 알았다.

초절정고수라도 작정하고 건 사술을 풀려면 시간이 필요했다. 아무리 사야가 위기에 빠졌다고 해도 제 한 몸 못 빼낼 리가 없었다.

하면 대체 누가……!

순간 머릿속을 스쳐 지나가는 인물에 십야가 서로 눈빛을 교환했다. 유일하게 사야의 사술에 견줄만한 이가 떠올라서다. 하지만 무공 실력은 사야에 한참 뒤지는 이였다.

모두가 아니라고 고개를 가로 지으려는 찰나.

광야가 피묻은 입술을 뗐다.

"야주님, 짐작 가는 이가 있습니다."

"누구냐?."

"가해월 그 계집입니다."

"갑자기 가해월, 그 퇴물은 왜?"

"실은 속하가 사야에게 따로 내린 명령이 있습니다."

"명령?"

퇴물은 야주 담천의 백미가 일그러졌다.

그것만으로 대전 안의 공기가 칙칙해졌다.

광야는 송구스럽다는 듯이 고개를 숙이며 실토했다.

"미거한 속하가 비망록의 오점을 막고자, 초난희의 스승을 사로잡아오라 내린 명령입니다."

"허허, 이번에도 비망록이구나."

야주 담천이 허탈한 웃음을 터트렸다.

광야는 목을 길게 빼며 말했다.

"지금 당장 속하의 목을 치셔도 할 말이 없습니다. 하지만 속하가 만회할 기회를 주십시오."

"……."

"사야를 죽인 흉수가 가해월이라면 그 계집을 잡아 대령해올 것이고, 만약 다른 이라면 온 강호를 뒤져서라도 사야를 죽인 흉수의 목을 잘라오겠습니다."

"허나 시작된 계획을 더는 미룰 수 없다."

야주 담천이 한 말에 광야는 피로 물든 이를 드러냈다.

"저희에겐 대군(大軍)과 구야가 있는데다."

"흐음."

담천이 백염을 쓸었다. 그리곤 광야의 피투성이가 된 얼굴을 바라봤다.

"야주님이 계시지 않습니까?"

"……."

"게다가 흉수가 누군지 밝히는 건 오래 걸리지 않을 겁니다."

"어떻게?"

"사혼주(死魂珠)가 있는 곳을 압니다."

"사혼주라."

죽은 혼을 불러낸다는 무가지보 중의 무가지보였다.

야주 담천도 상고 시대의 기보인 사혼주에 대해 들은 바가 있었다.

하지만 효용성의 불분명함과 그걸 가지고 있는 현 소유주가 누군지도 모른다.

한데 광야는 너무 자신만만했다. 과거 그것에 대해 들었던 모양인지, 부복한 자세로 외쳤다.

"사혼주라면 사야를 죽인 흉수를 찾는 건 일도 아닙니다."

"……."

야주 담천은 입을 한일 자로 굳게 다문 반면에, 나머지 구야들은 고개를 끄덕였다. 사야를 죽인 흉수를 찾는 게 힘들다 생각했는데, 사혼주라면 가능하다고 여긴 것이다.

한데 야주 담천은 쉬이 허락하지 않았다. 묵묵한 시선으로 광야를 바라볼 뿐이었다.

광야는 믿고 맡겨달라는 듯이 자신만만한 표정을 해 보였다. 허락만 하면 당장에라도 구해올 듯했다.

"자신 있는가?"

"맡겨만 주십시오!"

"하나, 사야의 혼을 불러내는 데 쓰지는 말게나."

"네?"

느닷없는 담천의 말에 광야는 불경스럽게 되물었다. 곧 자신의 실책을 깨닫고 고개를 황급히 숙였다.

야주 담천은 나직하게 혀를 차고는 은야를 바라봤다.

"보다시피 광야는 무공과 비교하면 머리 쓰는 건 그다지 지. 은야, 네가 같이 가거라."

"……!"

시뻘겋다 못해 시커메진 광야의 얼굴색을 보며 은야는 미소를 흘렸다.

"알겠습니다."

야주 담천의 속내를 이미 헤아린 듯이 보였다.

광야는 두 눈만 끔뻑끔뻑 거리다가, 담천의 손짓에 은야와 함께 일어났다.

"기한은 달포다. 그 정도면 정황상 마교가 무림맹을 삼킨 뒤일 테니…… 충분한가?"

"충분하고도 남습니다. 보름 안에 구해오겠습니다!"

광야가 우렁차게 답했다. 그리고는 은야를 노려봤다.

"조금도 지체해선 안 되니 바로 출발하겠습니다."

"……."

은야는 가볍게 고개를 숙여줬다. 그리고 속으로 무식한 놈이라며 욕을 했다.

광야는 야주 담천을 향해 인사를 올리고는, 은야와 함께 자리를 떠났다.

야주 담천은 그 뒷모습을 보던 시선을 창가로 줬다. 어두한 밤하늘에 뜬 달을 보며 두 눈을 감았다.

"……계집에게 직접 물어보면 되겠지."

第 10 章

第 10 章.

1

    늦가을이 남긴 마지막 붓질이 곳곳에 남아있었다. 그 정취가 그득한 풍경에 어울리지 않는 이질감이 속속들이 등장했다.

    휘휘휘휙.

    하늘을 가로지르며 내려선 검은 인영들이 뿜어내는 끔찍한 살기가 그 정체였다.

    무림맹의 거점인 성을 포위한 마교가 보낸 비강시들.

    드디어 그들이 도착한 것이다. 십수 기만 등장해도 혼란에 빠질 마교의 비밀병기가 자그마치 오십 기다.

    그 숫자에 무림맹의 수뇌부는 걱정이 태산이었다. 마교가 얼마나 치밀히 준비해왔고, 힘을 키워왔는지 알 것 같았다.

"그야말로 끝장이구나."

절망에 빠진 무림맹의 수뇌부가 주시하는 먼발치에 그 것들이 있었다.

대치하고 있는 마교도들의 입가엔 득의양양한 흉소 만 이 그득했다. 사분오열 된 무림맹의 상황을 틈타 거침없이 진격한 과실을 드디어 맛보게 되는 순간이었다.

무림맹을 짓밟고, 흑도맹마저 압살시키면 말 그대로 신 교천하였다.

지금껏 무림맹의 저력이 그들의 진격을 제법 버렸지만, 이젠 끝이었다.

도착한 비강시 오십 기면 무림맹의 수뇌부는 물론이거 니와, 인증용으로 이름난 혜성같이 등장한 신인 모용준경 과 이름도 모르는 은거기인들을 압살하고도 남았다.

놈들의 손에 안타깝게 명을 달리한 신교의 장로들.

그 셋의 유혼을 달래기에도 충분하다.

교주 초무진의 명령이 떨어지면 말 그대로 무림맹은 강 호역사의 뒤안길로 사라진다. 거대하고도 질긴 무림맹이 란 거목이 뿌리째 뽑히는 것이다.

일이 이렇게 쉬워도 될까 싶을 정도로 무림맹의 거점들 은 쉬이 얻었다.

비록 난공불락의 성이 남았지만, 신교도의 사기는 하늘 을 찔렀고, 비강시들은 그 사기를 더해주다 못해 전력을 급상승시켜줬다.

작금의 상황에서 신교는 도저히 질래야 질 수가 없었다.

교주 초무진은 무림맹의 최후 거점인 성을 오연하게 바라봤다.

아직은 때가 아니다.

신교도들이 살기 띈 눈으로 후속으로 도착할 남은 오십 기를 기다렸다.

비강시들은 살육을 벌이고 싶어 안날 난 듯이 벌게진 눈으로 전면만 주시했다.

강시술사의 대가이자 강시곡의 곡주, 십이장로 중 하나인 임정이 방울을 울리기만 하면, 비강시들은 일제히 날아오를 것이다. 열렬한 신교들의 진격 위로.

성벽은 무공을 익힌 무인들에겐 장벽이 아니었다. 공전절후까진 아니더라도 그들이 익힌 경공술과 벽조공이라면 충분하고도 아니, 넘쳤다.

무림맹에선 활 같은 원거리 무기와 검기로 응사하겠지만, 살기 충만한 괴물들을 막기 위해선 역부족이다.

하지만 그럼에도 마교도들은 기다리는 중이었다. 확실하게 끝장낼 요량으로 비강시 오십 기의 추가 증원을 기다렸다.

파상공세로 일거에 쓸어버리겠다는 초무진의 의지다.

이제 추가로 증월 될 비강시 오십 기가 도착하기까지 얼마나 남았을까.

수성하는 무림맹의 입장에선 날이 갈수록 초조해졌다.

이미 산발적인 전투로 몰리다 못해, 성에서 고립된 지 오래다.

무림맹의 무인들은 지쳤고, 보급로도 끊겼다.

금력으로 이름난 서문세가가 앞장서 지원해줬지만, 마교도들의 압도적인 위용으로 상인들이 더이상 서문세가와 거래를 하지 않게 됐다.

보급물자를 공수해오는데 한계에 부딪친 것이다.

지금껏 서문세가에서 쌓아놓은 물자로 어떻게든 버텨왔지만, 이젠 그 끝을 보이고 있었다.

이렇게 명백한 힘 차이를 보일 줄은 그들도 몰랐다.

스스로 무명자라 불러달라던 은거기인들의 숭고한 희생도 더이상 전황을 바꾸지 못했다.

걸인과 도인, 승려들로 이루어진 그들도 이젠 한계를 보였다. 단전은 마르지 않는 샘처럼 계속해서 퍼다 쓸 수 없었다. 자잘한 부상당한 터라, 체력회복속도도 더뎠다.

유일하게 모용준경만이 회복이 빨랐다. 지금껏 누구보다 전선에 앞장서서 나섰음에도, 가장 활기차고 날렵하게 움직였다.

그야말로 동에 번쩍, 서에 번쩍이었다.

모용준경은 필요한 적재적소에 나타나 무림맹의 무인들을 도왔다. 무림맹이 이 정도로 약진할 수 있는 것도 그의

덕이 컸다.

모용준경의 엄청난 활약이 아니었다면, 무명자라 불리는 은거기인들의 과반수는 목숨을 잃었을 것이다.

나이 든 승려 중 하나가 부상자를 살피는 모용준경에게 다가와 합장했다.

"소신룡(小神龍)은 정말 대단하십니다. 지금껏 보인 활약만으로도 탈진해야 하거늘, 아직도 이리 활력이 넘치시니. 노승이 짐작하건대, 지고한 경지에 닿았음이 분명합니다."

"소신룡이라니 천부당만부당한 말씀입니다. 감당키 어려운 호칭입니다. 거두어주십시오."

모용준경이 겸양을 했지만, 주위의 무인들이 보내는 눈빛은 그렇지 않았다. 하나같이 반짝이는 눈빛으로 고개를 주억거리고 있었다.

노승은 늙수그레한 미소를 지었다.

"정녕 강호의 홍복입니다. 이런 난국에 하늘에서 소신룡을 내려주시다니 말입니다."

"노인장께서 하신 말씀은 참으로 옳습니다."

맞장구를 치는 앳된 목소리에 노승은 자애로운 시선을 줬다.

작달막한 체구의 소년이 종종걸음으로 다가오고 있었다. 야무지게 포권까지 올리면서.

노승의 입가엔 묘한 미소가 걸렸다.

"서문세가의 소협이구려. 오늘은 어디를 놀러 갔다 온 게요?"

"설화 누님하고 잠깐 놀…… 아닙니다! 대체 그 무슨 외람된 말씀이십니까? 노인장께서 오해하실까 봐 말씀드리는데, 소인은 결코 놀다 오지 않았습니다. 이 강호의 위기에 발 벗고 나서도 모자라건만, 논다니요!"

기함하는 서문평에 노승은 장난스러운 눈빛을 거두었다. 모용준경을 향해 노승이 현기 어린 눈빛으로 물었다.

"허허, 서문 소협이 왔으니 이 노승은 그만 물러가야겠소. 한데 그 전에 한 가지 물어보고 싶은 게 있소만."

"네, 하문하시지요."

모용준경이 공손한 태도를 보이자, 노승은 기꺼운 표정으로 고개를 끄덕였다. 볼수록 감탄이 절로 나오는 보기 드문 청년고수였다.

익힌 무공과 활약으로 보건대, 자만심과 호기를 가질 만도 했다. 하지만 시종일관 정중한 자세를 유지했다. 그게 노승 같은 실력자뿐만 아니라, 일개 무인들에게까지 이어지니 더욱 기꺼웠다.

"소신룡에게 깨달음을 준 선인이 계십니까?"

"……"

모용준경의 담담한 눈빛이 살짝 흔들렸다. 노승의 물음

은 핵심을 찔러오고 있었다.

맑고 깊은 노승의 눈빛은 모용준경이 이룬 경지를 정확히 꿰뚫어보고 있었다.

암암리에 기막을 펼친 모용준경에 노승은 희미한 미소를 띠웠다.

"역시 전설의 경지인 탈태환골을 이루었구려. 현 무림세가들이 익힌 무공으로 불가능하다 여겼는데 말이오. 본디 무학은 만류귀종이거늘, 좁은 식견이 부끄럽구려. 깨달음보다 패도를 추구하는 현 세가의 무공 흐름을 부정적으로 본 늙은이도 이제 뒷방으로 가야겠구려. 굳이 누군가의 도움이 아니더라도 닳고도 남을 재능이거늘. 허허."

노승은 멋쩍은 듯 너털웃음을 터트렸다.

함축적인 의미가 담긴 노승의 말을 곱씹은 모용준경.

서문평은 무슨 뜻으로 하는 말인지 몰라 볼을 긁적였다.

"선인? 혹 형님 이야기를 하시는 겁니까?"

"호오, 서문 소협의 형님이라면."

노승은 서문평의 말을 쉬이 넘기지 않았다. 말한 그 형님이 눈앞의 모용준경을 말하는 게 아님을 잘 알았다.

모용준경은 맑은 미소를 지어 보였다.

"네, 그분이 아니었다면 언감생심 닿지 못할 경지이자, 깨달음이었습니다. 노선배님의 말씀은 조금도 틀리지 않았습니다."

과연 인중룡이라던 소문은 허언이 아니구나.

속으로 그리 생각한 노승이었다. 세가의 드높은 자존심을 누구보다 잘 아는 그였기에, 눈앞의 청년고수 모용준경이 보이는 태도를 높게 보았다.

덩달아 이런 모용준경을 만든 선인 아니, 형님이란 자가 궁금해졌다. 자신의 얼굴을 말똥말똥 쳐다보는 서문평에게 노승이 물었다.

"그분이 어떤 분인지 물어도 되겠소?"

이를 말이겠나.

신이 난 서문평은 하나부터 열까지 숨김없이 떠들어댔다.

"우리 형님은 말입니다!"

2

"악랄한 개새끼지."

사도명은 욱신거리는 멍 자위를 달걀로 비벼댔다. 눈앞의 악랄한 개새끼를 보자, 달걀을 쥔 손에 와락 힘이 들어갔다.

퍼석, 주르륵.

사도명은 퍼렇게 멍이 든 얼굴로 혀를 찼다. 터진 달걀을 한쪽 구석에 던졌다.

일화가 서둘러 무명천으로 손에 묻은 내용물을 닦아줬다.

"제길, 벌써 열 개째군."

"내 얼굴을 보고 계속 박살 낼 거면 그만하지그래?"

"그 뻔뻔한 낯짝에 한 방 먹이고 말 테다."

사도명이 씹어뱉듯이 한 말에 독고월은 피식 웃었다.

"희망사항이 과해."

"크으."

사도명은 발작할 것처럼 움찔했지만, 조금 전까지 비 오는 날 먼지 나게 두들겨 맞은 터라 가까스로 참아냈다.

아니지, 못 참으면 어쩔 건데?

사도명의 머릿속에서 아까의 장면들이 되풀이됐다. 얼굴이 절로 일그러졌다. 퍼렇게 멍이든 얼굴이 더욱 기괴해 보였다.

덥석.

일화가 가져온 바구니에 든 달걀을 짚었다. 그리고 열심히 문질렀다.

"어떻게 얼굴만 집중적으로 골라 때리냐?"

"어쩌다 보니."

사도명이 불평을 터트리자, 독고월은 어깨를 으쓱였다. 사도명의 입장에선 열불이 뻗쳤다. 놈의 말대로 둘 사이는 숫제 수준이 달랐다.

그때완 천양지차였다.

"흑신단이 이렇게 효과가 좋을 리가 없는데."

"……"

사도명의 중얼거림에 독고월이 넌지시 바라봤다. 사도명은 도둑이 제 발 저리듯 움찔했지만, 도리어 성을 냈다.

"뭐! 보아하니 큰 도움이 된 거 같은데!"

"누가 뭐라나."

"크윽, 다시 한 번 붙어보자! 이번엔 제대로 상대해주마."

사도명이 벌떡 일어났다. 일화 앞이라 객기를 부리는 것이었다.

독고월은 묘한 미소를 지었다.

"관둬, 둘 중 하난 관 짝 짠다."

사도명 입장에선 가슴 속까지 싸늘해지는 소리였지만, 듣는 일화 입장에선 아니었나 보다.

"맹주님, 참으세요. 지금은 한가롭게 비무나 나누실 때가 아니잖아요."

"그, 그렇긴 하지."

사도명이 약간은 벌게진 얼굴로 도로 자리에 앉았다. 말려준 그녀가 고마웠고, 여인 앞에서 진짜로 하면 동수라는 듯이 잃어버린 체면을 세워주는 놈이…… 조금도 고맙지 않았다.

내 언제고, 복수하리라.

사도명은 속으로 바득바득 이를 갈았다.

독고월은 그 원망 어린 시선을 가볍게 받아넘기고는 본론을 꺼냈다.

"맹주령을 내려줘야겠어."

"……."

"뭐라구요?"

사도명은 가만히 있는데, 일화가 화들짝 놀랐다. 맹주령을 내린다는 건 말 그대로 흑도맹의 전권을 휘두르겠다는 말로 들려서다.

독고월은 일화를 바라봤다. 그녀가 흑도맹의 군사나 다름없단 걸 잘 알고 있었다.

"작금의 상황이 어떤 줄 알지?"

"마교가 무림맹을 궁지에 몰아넣은 상황이죠. 설마, 지금 저희보고 참전해서 무림맹을 도우라는 건 아니시죠?"

일화가 눈을 매섭게 떴다. 도저히 받아들일 수 없는 제안이었다. 무림맹을 도와야 한다는 건 그녀의 평소 생각과 일치했다. 하지만 흑도맹주가 숙고 끝에 내린 결정이 아니었다.

흑도맹에 덜컥 찾아와 다짜고짜 맹주령을 내리라니, 그것도 무림맹을 위해서!

"혹 순망치한을 말하려는 거면 걱정하지 마세요. 본 맹은 절대 호락호락하지 않고, 마교 놈들 따윈 조금도 두렵지 않으니까요. 아무리 마교놈들이 강하다고 해도, 저희 흑도맹이 무림맹을 도울 일은 절대 없어요. 저희에겐 무림맹이나 마교나 매한가지니까요."

뼛속까지 자리 잡은 무림맹에 대한 적개심을 드러내는 일화였다.

이게 바로 흑도의 공통된 입장이리라.

그녀가 주도권을 잡으려고 한다는 걸 독고월은 어렵지 않게 짐작했다.

"말하지 않았군."

그래서 흘린 나직한 말에 일화가 봉목을 치켜떴다.

"그게 무슨 말씀이죠?"

"흐음."

독고월은 가볍게 한숨을 내쉬고는 이해한다는 듯이 고개까지 끄덕여줬다.

사도명의 시선이 자리에서 일어난 독고월을 따라갔다.

"놈들은 강해. 그놈들을 이끄는 놈은 지금의 나도 솔직히 승부를 장담하기 어렵지."

독고월의 느닷없는 고백에 일화는 영문을 몰랐고, 사도명은 침음을 삼켰다. 직접 독고월과 부딪쳐도 보고, 먼발치서나마 그 노인의 존재감을 느꼈다.

솔직한 놈의 고백에 사도명은 달걀을 내려놨다.

"놈들의 세력은 어떻지?"

"강호를 쓸어버리고도 남지."

추상적인 말이었다. 도저히 받아들일 수도 없었고.

일화가 고운 아미를 일그러뜨렸다.

"무슨 말씀을 하는 건지 모르겠네요. 지금 마교는 물론이고, 저희까지 우습게 볼 정도의 세력이 존재한다는 말씀인가요?"

그게 말이나 되느냐는 듯이 일화가 사도명을 쳐다봤다. 한데 사도명의 눈빛은 어느 때보다 진지했다. 일화는 입만 벙긋벙긋 벌렸다.

도무지 말이 되지 않았기에 당혹스러웠다.

그런 세력이 존재한다면 결코, 놓치지 않았을 거다. 그 정도로 큰 세력이라면 자신들뿐만 아니라, 마교나 무림맹도 알아야 했다. 아무리 숨긴다고 해도, 그 정도 병력을 운용하려면 언제고 꼬리가 밟힌다.

강호의 일개 방파도 아니고, 거대한 세력을 점조직으로 운영하는 건 말이 안 되니까.

"등잔 밑이 어두운 법이지."

독고월이 나직이 읊조린 말에 사도명과 일화는 별안간 생각에 잠겼다.

덜컹!

"말도 안 돼!"

일화가 벌떡 일어난 탓에 의자가 넘어졌다. 영민한 그녀의 머리는 독고월이 말한 뜻을 짐작하고 남았다.

사도명도 광망이 이는 눈빛으로 독고월을 노려봤다.

"지금 그 말에 책임을 질 수 있나?"

"믿고 안 믿고는 자유지. 어차피 알게 될 일이니까."

독고월은 느긋하게 술잔을 들었다.

탁.

사도명도 급히 비운 술잔을 탁자에 소리 나게 내려놓았다.

일화는 그걸 채워줄 정신이 없었다. 독고월이 말한 대로 최악의 상황을 가정해야만 했다.

"그간 상호불가침의 영역을 존중해줬는데 말이지."

거칠게 수염에 묻은 술을 닦아낸 사도명이 주먹을 말아 쥐었다.

일화는 섣부른 단정은 이르다고 말해주고 싶지만, 영 맥락 없는 이야기가 아니었다.

지금 강호의 전황으로 말할 것 같으면, 가장 적기였다.

무엇이?

이 강호의 거대세력을 일망타진하고도 남을 시기.

그녀 또한 싸우다 지친 호랑이들의 뒤통수를 어떻게 칠지 계획을 짜놓지 않았는가. 한데 다른 이들보고 그러지 말라는 법이 있을까?

탁.

독고월이 비워낸 술잔을 내려놓았다.

"눈치 빠른 영활한 포식자를 언제 잡는 게 가장 안전한지 알지?"

"……."

"……."

사도명과 일화는 잠자코 들었다. 그리고 곧 모골이 송연해지는 말을 들었다.

"그건 사냥한 동물을 먹어치우려는 순간이지. 바로 지금처럼……."

"맹주님! 지급입니다."

정자 앞으로 급히 날아온 전령이 부복했다.

사도명은 뭐냐고 물을 필요가 없었다. 이어진 전령의 보고는 사도명이 경공술을 펼치게 하였으니까.

"흑궁(黑宮)에 정체불명의 침입자가 나타났습니다! 지키던 흑살대는 이미 전멸했고, 기관장치는 모조리 박살 났습니다."

그 말을 끝으로 정자엔 아무도 남지 않았다.

3

흑궁.

흑도맹의 절대금지(絶對禁地)였다. 그 누구도 흑도맹주의 허락 없이 이곳에 들어갈 수가 없었다. 설령 흑화 아니, 흑도맹의 군사인 일화라고 해도 말이다.

발을 들이는 순간, 무시무시한 기관장치들이 작동하는 건 물론, 흑도맹이 자랑하는 정예살수들인 흑살대가 눈에 불을 켜고 달려들었다.

그리고 침입사실이 알려지는 순간 흑궁 주위로 천라지망이 겹겹이 펼쳐지게 된다. 자그마치 다섯 겹이나.

만에 하나 잠입할 수는 있되, 물건을 살아서 가져나갈 순 없다.

흑궁의 불문율이었다.

이곳의 경비가 이렇게 삼엄한 이유는 간단했다. 흑궁에 보관된 물건들이 하나같이 보물이 아닌 것들이 없었다. 상상조차 하기 어려운 강호에 이름난 기보들이 즐비했고, 강호에서 영원히 사라진 걸로 알려진 물건도 있었다.

그렇기에 사도명은 미친 듯이 경공술을 펼쳤다. 흑궁이 털렸다는 소문이 나면 말 그대로 끝장이었다. 맹주의 자리까지 내려놓는 것도 모자라, 반란까지 일어날지도 모른다.

일화는 수하들을 향해 천라지망을 펼치라고 이미 명을 내렸고, 흑화들과 떠들고 놀던 가해월은 난데없는 소란에 신형을 날렸다.

정확히는 천안통으로 독고월의 자취를 좇은 것이다.

"갑자기 어디 가는데!"

겨우 사도명과 독고월을 따라잡은 가해월이 힘겹게 물었다.

둘이 펼친 경공술의 속도는 그 정도로 대단했다.

주위의 풍광이 어그러질 정도였다.

사도명의 눈이 당혹으로 물들었다. 별 볼 일 없어 보이는 여인이 지닌 무공수위가 제법이어서다. 설마 흑도맹주인 자신의 뒤를 따라올 정도라니.

물론 힘겨워하고 있지만, 놀라운 사실임에는 분명했다.

독고월은 마침 잘 됐다는 듯이 가해월의 허리를 안아 들었다.

가해월이 화들짝 놀랐다.

"뭐, 뭐야!"

"천안통이 필요해."

느닷없는 독고월의 말에 놀란 건 사도명이었다. 천안통이라면, 모든 걸 꿰뚫어본다는 어마어마한 이능(異能)이다. 한데 눈앞의 여인이 그런 능력을 갖췄다니 믿을 수가 없었다.

당연히 독고월이 헛소리를 할 리가 없었다.

"도착하기까지 얼마나 걸리지?"

"일각."

사도명의 짤막한 대답에 독고월이 고개를 저었다.

"너무 느려. 이대로라면 침입자가 흑궁이란 곳을 털고도 남음이지."

"뭐?"

사도명이 자존심이 상한 듯이 노려봤지만, 사실이었다. 사도명의 경공술은 익힌 무공들에 비해 가장 떨어졌다. 독고월의 섬전행에는 비할 수도 없었고.

사도명이 이를 악물고 말해주려는 순간.

"대략적인 위치는……!"

"이미 찾았어."

가해월의 두 눈이 하얗게 빛나고 있었다. 그 하얀 두 눈이 사도명을 담았다.

"예전에 흑궁에 들어가서 만년설삼을 훔쳐온 적이 있어서."

"뭐라고!"

사도명이 기함을 하며 소리를 질렀지만, 독고월은 그 말을 듣지도 않았다. 그대로 가해월을 안고 진각을 밟았다.

파앙!

꿍음이 터지는 동시에 독고월의 신형이 쭉— 늘어졌다. 그리고 한 줄기의 벼락이 되었다.

우르릉, 쾅!

섬전행을 펼친 것이다.

전설의 이형환위(移形換位)가 이와 같을까.

"괴, 괴물 같은 놈."

순식간에 사라진 독고월의 빈자리를 본 사도명의 수염이 바르르 떨렸다. 두려움이 치미는 걸 억누른 사도명은 주먹을 피가 나게 말아쥐었다.

"내 언제고 네놈을 넘고 말리라."

파앙!

사도명 또한 진각을 밟고는 전력을 다해 경공술을 펼쳤
다. 그 또한 경지에 이른 것을 증명이라도 하듯이 빠르게
쏘아져 갔다.

"여기!"

휘이이익—!

가해월이 가리킨 손끝을 따라 내려선 독고월이 땅에 발
을 디뎠다.

"음."

독고월은 엉망이 된 흑궁을 바라봤다.

지하로 연결된 갱도와 곳곳에 널린 시체, 부서진 기관장
치들.

목불인견의 참상이 바로 이곳에 있었다.

가해월은 핼쑥해진 안색을 했다. 천안통이 보여주는 광
경 때문이었다.

"……그놈들이 아직 이 밑에 있어."

"……."

독고월은 침묵을 택했다. 가해월이 말한 놈들이 누군지
모를 리가 없었다.

지금 이곳에 나서는 게 옳은지 아닌지 가늠하는 걸까?

천안통을 거둔 가해월이 독고월에게 말했다.

"반 각 아니, 그보다 더 짧게 걸릴 거야. 이미 방어선은 모조리 박살 났고, 무슨 물건을 찾는데 시간이 걸리는 중이야. 어떻게 할 건데? 흑도맹주란 놈이 도착하면 놈들은 이대로 유유히 사라질 거야. 지금 물건 찾는데 정신이 팔려서 우리가 온 줄 모르고 있고."

가해월이 어떤 의도로 말하는지 충분히 알았다.

흑야에게 제대로 한 방 먹이려면 그들이 독고월의 존재를 알아선 안 됐다.

시간은 촉박하다. 어서 빨리 결정을 내려야 한다.

"온 건 두 명이야. 광야와 은야. 한 명이 막는 사이 다른 한 명이 도망갈 거야, 방법은 있어?"

"후후."

독고월이 나직한 웃음을 흘렸다.

물을 것도 없었다.

"놈들이 빠져나갈 퇴로는?"

"……!"

가해월은 깜짝 놀랐다. 독고월이 말하는 바가 뭔지 알기 때문이었다. 그래서 말해줬다.

"그에겐 화신단이 있어. 정확히는 광야에게."

"……"

"아무래도 화신단의 제조법까지 복원한 듯해!"

"퇴로는."

"화신단을 우습게 보지 마! 이미 당해봤잖아!"

가해월이 독고월의 소매를 잡아챘다. 눈동자엔 눈물이 그렁그렁하다.

극음지기를 지닌 독고월에게 천적이 되고도 남게 해주는 화신단.

그걸 광야가 복용할 시 어떤 결과가 그려질지 눈에 선했다.

아무리 독고월이 강해졌다고 해도 아니, 독고월은 과거보다 정말 강해진 걸까?

가해월은 아니라고 생각했다. 죽었다 살아날 때마다 강해질 리가 없었다. 그렇지 않아도 독고월보다 광야가 한 수 위라고 여기는 그녀다.

한데 화신단을 복용한 광야와 은야의 합격을 독고월이 견딜 수 있을까?

"가지마. 그냥 이대로 보내자."

가해월의 눈물까지 흘리며 붙잡았다.

절절한 걱정이 묻어나는 목소리에 독고월은 기어코 혀를 찼다.

"날 너무 우습게 보는군."

4

광야와 은야는 흑궁을 이 잡듯이 뒤졌다.

워낙 많은 기보들이 있는 터라 찾기가 어려워서 시간이 제법 걸렸다.

"누가 온 것 같아요. 흑도맹주일까요?"

기척을 감지한 은야에 광야는 하얀 이를 드러냈다.

"흑도맹주 따위야, 십초지적도 안되지. 거기다 은야 너까지 있으면 말할 것도 없고."

"가서 제거할까요?"

"놔둬도 되겠지. 지금은 사혼주를 찾는 게 먼저다. 날파리가 꼬이면 귀찮아지니까."

광야는 그리 내뱉은 뒤, 흑궁 안을 뒤지는 데 여념이 없었다.

데구르르.

소용도 없는 흑신단과 같은 영단들이 바닥을 굴렀고, 강호에 등장하면 한바탕 피바람이 불 기화이초는 둘에겐 무소용이었다.

바닥을 어지럽힌 상자들에 슬슬 인내심의 한계를 느낀 광야가 중얼거렸다.

"역시 한 놈은 살려둘 걸 그랬어."

"순순히 말해줄 리 없죠. 제법 강단 있는 놈들이던데. 오히려 고문하는 시간이 더 걸렸을 거예요."

은야는 그리 말하며 곳곳을 뒤져댔다. 워낙 많은 기보들이 있는 곳인지라, 원하는 물건 찾기가 사막에서 바늘 찾기 같았다.

"하긴 그도 그렇군."

휙.

쓸데없는 백년하수오가 들어있는 상자를 뒤로 던진 광야, 생각보다 걸리는 시간에 슬슬 초조해졌다. 아무리 흑도맹을 발아래로 두는 그라지만, 귀찮아지는 건 질색이었다.

"차라리 흑도맹주를 생포해 실토하게 하는 건 어떨까?"

"……."

단순하기 짝이 없는 제안에 은야가 노려봤다.

흑도맹주가 동네 건달도 아니고, 무력에 순순히 제압당해서 실토할까.

지금껏 들은 소리 중 가장 객쩍은 소리다.

그 뜻을 읽었는지 광야가 사납게 웃었다.

"농이었다. 제길! 그나저나 대체 어디 있는지 모르겠군."

"한데 어떻게 이곳에 사혼주란 물건이 있는 줄 알았죠?"

"천기자."

"천기자요?"

뜬금없는 말에 은야가 찾던 손을 멈췄다. 갑자기 천기자 이야기는 왜 나오나 싶었다.

광야는 어서 손을 놀리지 않고 뭐하냐는 듯이 쳐다보고는 상자들을 헤집었다.

"손은 놀지 말고 듣지?"

"알았어요."

은야는 다시 움직이며 귀를 쫑긋 세웠다.

광야가 당시를 떠올리며 입술을 뗐다.

"천기자가 언젠가 넌지시 묻더군. 사혼주란 물건을 아 느냐고 말이야."

"갑자기 왜 그런 걸 물었데요?"

"글쎄, 나야 모르지. 왜 천기자가 그런 말을 지껄였는지 말이야. 당시엔 그저 노망난 늙은이가 헛소리하나 싶어 이 야기상대를 해줬는데. 설마 이런 상황에 요긴하게 쓰일 줄 은 꿈에도 몰랐지."

덜컹, 덜컹.

상자를 열었다 닫았다 하며 던진 은야가 쓴웃음을 지었다.

"이것 참, 이 강호에 우연은 없고 필연만 있다던 노친네 의 말인지라 허투루 들을 수도……."

은야는 갑자기 말을 멈췄다.

광야는 의아한 기색으로 물었다.

"왜 그래?"

"기척이 사라졌어요."

"나도 안다."

"왜 갑자기 사라졌……!"

"여기 있군!"

열심히 뒤지던 광야의 안면엔 희색이 만연했다. 드디어

그 천기자 노친네가 말한 물건의 외양과 똑 맞아떨어지는 구슬을 찾은 것이다.

땅을 굴러다니는 휘황찬란한 야명주들과 비교도 되지 않는 불길함을 머금은 구슬.

사혼주.

그걸 흘끗 본 은야가 안도의 한숨을 내쉬었다.

"외관은 영 재수 없게 생겼네요. 그거 확실해요?"

"그래, 천기자 늙은이가 말한 게 이게 맞다. 보면 볼수록 재수없다고 했거든."

히죽 웃은 광야는 다시 상자 속에 사혼주를 집어넣고는 품에 갈무리했다.

"이제 그만 떠나죠. 슬슬 몰려오는 거 같으니까."

"그래, 제법 큰 기세가 느껴지는 걸 보니 사도명이란 놈도 온 것 같군."

말이 끝나는 동시에 흑궁에서 둘의 기척이 사라졌다.

반 각 뒤.

탁.

그들이 있던 자리에 사도명이 내려섰다.

"크으."

엉망이 된 내부와 걸레조각처럼 찢겨진 수하들을 핏발 선 눈으로 보던 그가 울분을 터트렸다.

"으아아아—!"

쾅, 쾅!

발로 땅을 미친 듯이 내리쳐대는 사도명의 포효에 이제
야 당도한 흑화들은 분루를 흘렸다.

도저히 벌어져서는 안 되는 일이 벌어지고 만 것이다.

흑궁이 털리는 건 둘째치고, 이렇게 농락을 당할 줄이야.

사도명은 피눈물을 흘리며 으르렁거렸다.

"개미 새끼 한 마리도 빠져나게 해선 안 될 것이다! 추혼
단을 풀어라!"

으아아아—

경공술을 펼친 광야와 은야도 사도명의 포효를 들었다.
워낙 고강한 그들의 무공실력은 먼 거리에서도 들리는 소
란을 알게 해줬다.

"멍청한 놈이군."

"……."

광야의 이죽거림에도 은야는 대꾸하지 않았다. 심각한
모습에 광야가 의아해했다.

"왜 그러지? 뭐 신경 쓰이는 거라도 있나?"

"……."

경공술을 펼치던 은야가 광야를 바라봤다. 그제야 뭔가

이상한 낌새를 눈치챈 광야도 그녀를 바라봤다.

"……지금 사도명이 흑궁에 도착했잖아요."

"그렇지."

"그럼 그 전에 우리가 느낀 그 기척은 뭐였죠?"

은야는 가슴 속에 피어오르는 불길한 느낌을 억누르고 물었다.

기분 탓이겠지.

라는 말을 기대하며 물었지만, 광야의 표정은 더할 나위 없이 심각했다. 그조차도 사도명이라고 여겼었다.

그리고 사라진 기척.

찾는 데 정신이 팔려 깊게 생각하지 않았는데, 지금 떠올려보니 정체불명의 상대가 자신들을 지켜보고 있었다는 게 아닌가.

"그건……!"

우르릉, 쾅!

갑작스레 내리친 날벼락!

광야와 은야는 서둘러 피했다.

"피해요!"

"늦었다!"

은야는 피하려고 했지만, 광야는 있는 힘을 다해 들이닥친 벼락을 향해 애병을 꺼내 막아냈다.

쩌어어엉—!

온몸을 저릿하게 만드는 충격이 들이닥쳤다.

"하압!"

그나마 은야가 기민하게 검강을 보태어 막아줬기에 망정이지, 까딱했다간 낭패를 당할 뻔했다.

탁, 탁.

타의에 의해 지면에 내려선 광야와 은야가 위를 올려다봤다.

그곳에서 시작된 공격임을 아는 그들이었다. 곧 그들의 두 눈이 더할 나위 없이 커졌다.

"마, 말도 안 돼."

은야의 흔들리는 목소리.

광야는 애병을 말아쥐었다.

흔들리는 시선의 끝엔 이 세상에 존재해선 안 되는 이가 있었다.

둘은 심각한 표정으로 두 눈만 부릅떴다.

월광도를 사선으로 길게 늘어트린 그가 하얗게 웃고 있었다.

"지난번엔 신세 좀 졌지?"

〈7권에서 계속〉